Das Tagebuch der siebzehnjährigen Simone erschließt eine zukünftige Welt, in der zahlungskräftige Menschen sich Markenkinder aus dem Gen-Design-Labor anschaffen. Die No Names (herkömmlich gezeugte Kinder) werden allgemein verachtet. Simone hadert mit ihrer verstorbenen Mutter, die ihr kein Markengenom verschafft hat, sodass sie ein Leben als Außenseiterin führen muss. Der einzige Mensch, der sie uneingeschränkt akzeptiert, ist ihr älterer Halbbruder Benjamin – bis sie Jean-Paul kennen lernt, mit dem sie die erste Liebe erlebt.
Als Simone schwanger wird und davor zurückschreckt, das Kind ihrem eigenen Schicksal einer No Name unter Markenmenschen auszusetzen, ist es wieder ihr Bruder, der ihr hilft. Letztlich muss sich aber Simone für oder gegen die Schwangerschaft entscheiden und konfrontiert so auch die Leserin mit den fragwürdigen Optionen in einer vom Perfektionswahn beherrschten Gesellschaft.

Birgit Rabisch, geboren 1953 in Hamburg, hat sich früh mit den Folgen der Biotechnologie auseinander gesetzt, u. a. in ihrem preisgekrönten Roman ›Duplik Jonas 7‹, der schon 1992 das so genannte therapeutische Klonen ethisch hinterfragte. Im Fischer Taschenbuch Verlag erschien ihr Roman ›Möglichkeit der Liebe‹ (Bd. 13532).

Unsere Adresse im Internet: www.fischer-tb.de

Birgit Rabisch

Unter Markenmenschen

Roman

Fischer
Taschenbuch
Verlag

Die Frau in der Gesellschaft
Herausgegeben von Ingeborg Mues

Originalausgabe
Veröffentlicht im Fischer Taschenbuch Verlag,
ein Unternehmen der S. Fischer Verlag GmbH,
Frankfurt am Main, März 2002

Satz: Pinkuin Satz und Datentechnik, Berlin
Druck und Bindung: Claussen & Bosse, Leck
Printed in Germany
ISBN 3-596-15020-5

für meine Freundin Brigitte,
wildwüchsig, zum Glück

Denn wir werden noch erleben, wie die modernen Bio-Wissenschaften die Politik in Versuchung führen werden. Die Projekte der Umwandlung, Züchtung und »Verbesserung« des Menschen werden wieder Auftrieb bekommen. Weniger eine Neuauflage des National-Faschismus, als vielmehr ein moderner »Bio-Faschismus« bildet die Bedrohung der Zukunft. Arbeit am Menschenmaterial im Geiste grenzenloser Machbarkeit.

Rüdiger Safranski: »Das Böse oder das Drama der Freiheit«

28. Februar

Liebe Mama,
ja, so möchte ich dich nennen, obwohl kein Mädchen meines Alters sonst noch so ein Wort in den Mund nimmt. Aber ich möchte dich trotzdem nicht einfach »Mutter« nennen, obwohl ich von dir nicht viel mehr weiß, als dass meine Gen-Ausstattung zur Hälfte von dir stammt. Solange ich lebe, bist du schon tot. Als ich deinen Leib verlassen musste, hast du mich verlassen. Warum schreibe ich an eine mir Unbekannte, die noch dazu tot ist und die keiner meiner Sätze erreichen kann? Ich weiß es nicht.
Als Benjamin mir zu meinem siebzehnten Geburtstag dieses Buch schenkte, das er bei einem seiner vielen Besuche in Antiquariaten aufgetrieben hat, habe ich zuerst nur das Äußere bewundert: den Leineneinband mit den aufgedruckten Rosen und dem in Goldbuchstaben eingeprägten Titel: TAGEBUCH. Beim Blättern in den leeren Seiten fiel mir auf, wie angenehm sich das Papier anfühlte.
»Bütten!«, sagte Benjamin stolz.
Als Krönung des Ganzen empfand ich aber das kleine vergoldete Schloss mit dem winzigen Schlüssel – zwar absolut ungeeignet, Herzensergüsse sicher zu verwahren, aber einfach *zu süß*!
Ich legte das Buch in meinen Nachttisch und freute mich daran wie an den vielen anderen schönen, nutzlosen Dingen, die mein Bruder aus den Antiquariaten anschleppt. Die Idee, es tatsächlich selbst als Tagebuch zu verwenden, kam mir zuerst gar nicht. Ich habe bis-

her nie etwas über mich geschrieben, und wenn, hätte ich es meiner *Medienstation* diktiert.
Erst als Benjamin vor ein paar Tagen auch noch mit einem Füllfederhalter ankam, dazu königsblaue Tinte und ein Stapel so genanntes Löschpapier, hatte ich die verrückte Eingebung, dieses Buch tatsächlich als Tagebuch zu benutzen, die weißen Büttenseiten mit blauen Worten zu bedecken – ganz wie die Menschen früher. Im Museum habe ich einmal eine Reihe solcher Handschriften gesehen. Man muss sich einmal vorstellen, dass damals ganze Bücher von Hand geschrieben wurden! Ich bin es natürlich nicht gewohnt, irgendetwas, außer vielleicht mal ganz kurze Notizen, direkt niederzuschreiben. Aber ich habe es immerhin noch gelernt. Seit der massenhaften Verbreitung des *Sprachstifts*, der das gesprochene Wort beim Aufsetzen der Mine auf Papier automatisch in Schrift umsetzt, geht diese Fähigkeit zunehmend verloren und wird wohl auch bald aus dem Lehrplan der Schulen gestrichen. Ich war jedoch plötzlich davon fasziniert, mit diesem urtümlichen Schreibgerät Füllfederhalter meine Gedanken zu Papier zu bringen. Mir schien diese unzeitgemäße Art meinen oft unzeitgemäßen Gedanken angemessen.
Ich tunkte die Stahlfeder ins Tintenfass, drehte am Ende des Kolbens und saugte die tiefblaue Flüssigkeit in den Füllfederhalter hinein. Ich nahm ein Blatt Papier und übte mich im Schreiben ein. Schließlich traute ich mich, das Tagebuch aufzuschlagen, und schrieb in großen Buchstaben auf die erste Seite: SIMONE.
Ich trocknete meinen Namen mit einem Blatt des Löschpapiers und betrachtete ihn. Er erschien mir vertraut und fremdartig zugleich; Gefühle, die ich auch mir selbst gegenüber habe: mal bin ich mir ein offenes Buch und mal eins mit sieben Siegeln.

Mehr schrieb ich an diesem Tag nicht, nur meinen Namen. Doch jetzt habe ich also tatsächlich angefangen, ein Tagebuch zu schreiben; drei Seiten sind schon mit den Auf- und Abschwüngen meiner Hand bedeckt, ich komme immer flotter voran, und vielleicht komme ich auf diese Weise ja auch der SIMONE vom Titelblatt ein wenig auf die Spur.
Wer ist sie?
Sie ist ein mutterloses Kind, daher auch dieser merkwürdige Anfang, als könne sie sich an eine Frau wenden, die es seit siebzehn Jahren auf dieser Welt nicht mehr gibt, als könne sie einen Kontakt herstellen, der unmöglich ist, eine Antwort erhalten, wo ihr höchstens ihr eigenes Echo entgegenschallen kann. Lächerlich! Wie kann sie bei einer Toten Halt und Geborgenheit suchen? Einer Toten, die noch dazu schuld ist an ihrer Fremdheit in der Welt!
Du bist es doch gewesen, Mutter (nein, jetzt kann ich dich doch nicht »Mama« nennen), die mich als *ungestaltetes Wesen*, wie sie sonst nur in den Armensiedlungen am Rand der Städte vegetieren, auf die Welt gestoßen hat. Du, die ihren Sohn Benjamin mit dem besten damals käuflichen *Markengenmaterial* ausgestattet hat, hast mich wild empfangen und ausgetragen, so wie mich die Natur geschaffen hat. Du, eine reiche Frau, die ihrer Tochter mühelos ein erstklassiges *Markengenom* hätte finanzieren können, hast mich als *No name* geboren! Du hast wissen müssen, was du mir damit antust. Ich kann und werde es dir nie verzeihen!
Ich konnte erst einmal nicht weiterschreiben. Ich habe nicht gewusst, dass noch immer so viel Hass auf meine Mutter in mir steckt. Ich dachte, ich hätte diese Gefühle längst überwunden. In letzter Zeit habe ich eigentlich nur voll Sehnsucht an sie gedacht, ja, ich war sogar nei-

disch auf Benjamin, der unsere Mutter gekannt hat, ganze achtzehn Jahre seines Lebens. Wie oft habe ich ihn schon gefragt, an was er sich noch erinnert, wie er sich ihren ungeheuren Fehltritt erklärt, aus dem ich hervorgegangen bin. Seine Antworten sind leider immer ziemlich einsilbig, und so fällt es mir schwer, mir vorzustellen, was für ein Mensch meine Mutter war.

Eben habe ich noch einmal meine Aufzeichnungen unterbrochen, weil Benjamin mich zum Essen gerufen hat. Wir kochen beide gern und lassen uns das Essen nur selten liefern. Heute hat er mich mit einer *Création rouge* überrascht, ein naturfarbenes Rindersteak mit einer Gemüserosette aus naturroten Möhren und Paprika sowie gentechnisch geröteten Auberginen und Zucchini in farblich fein abgestuften Rottönen. Seit praktisch alle Gemüse in allen Farbvariationen zu haben sind, kann man Menüs zaubern, die fast schon alten Gemälden gleichen. Mein Essen gestern habe ich *Monets Seerosenteich* getauft, eine Komposition aus verschiedenen Kohlsorten in impressionistischem Blaugrün. Das reichte schon fast an die Kreationen hoch dotierter Menü-Designer heran, die für ihre Einfälle viel Geld kassieren.

Benjamin hat sich sehr darüber gefreut, als ich ihm erzählt habe, dass ich jetzt tatsächlich angefangen habe, Tagebuch zu schreiben. Er meinte, das werde mir gut tun. Ich hätte viel zu wenig Austausch mit anderen Menschen, und so wäre ich wenigstens gezwungen, meine Gedanken auszuformulieren anstatt immer nur dumpf vor mich hinzubrüten. Wahrscheinlich hat er Recht, mein kluger Bruder. Eine Zeit lang habe ich mich an allen möglichen *Talks* im *NET* beteiligt, natürlich nur im *Audio*-Modus. Ich habe mich mal als *Dike*-Frau, mal als *Idadis*- oder *Berok*-Frau ausgegeben. Bei den *Audio*-

Talks kannst du die sein, die du sein willst. Aber bald hat mich nicht mehr interessiert, was da rumgechattet wird. Fast jedes Gespräch drehte sich um Schönheit und Gesundheit – wie man es vermeidet, die Gesetze der Ästhetik zu verletzen oder der Gesellschaft durch Krankheiten zur Last zu fallen. Als eine der blonden und blauäugigen *Dike*-Frauen anfing, darüber zu klagen, dass ihre Augen nicht mehr richtig blau strahlen würden, dass sie so nachgedunkelt seien, dass man sie schon fast für grau oder – schlimmer noch – für braun wie die Augen einer *Idadis*-Frau halten könne und dass nichts unästhetischer sei als so ein *Markenmischmasch*, habe ich mich endgültig ausgeklinkt.

Deren Probleme möchte ich haben!

Wenn ich mein Äußeres mit den drei beliebtesten *Markengenomen* vergleiche, kann ich fast nur Abweichungen feststellen. Am ähnlichsten bin ich noch dem *Idadis*-Genom mit den Leitmerkmalen brünett und braunäugig. Aber nur entfernt, denn meine Haare sind eben nicht brünett, sondern schwarz, und meine Augen sind sehr, sehr dunkelbraun und noch dazu mandelförmig, meine Nase ist zu schmal und mein Mund zu breit, meine Wangenknochen sind zu hoch geschnitten. Ich erreiche nicht annähernd die für *Markenfrauen* gewählte Größe von 1,80 m, sondern bin nur 1,69 m groß, und mein ganzer Körperbau ist viel zu zart, um einen wohlproportionierten ästhetischen Eindruck zu machen. Ich bin und bleibe ein *Kraut-und-Rüben-Mensch*, eine *No name* eben. Und das habe ich in meinem bisherigen Leben reichlich zu spüren bekommen.

29. Februar

Eigentlich hätte ich gestern noch weiterschreiben wollen, aber mich überkam plötzlich eine große Unlust. Ich habe das Buch zugeklappt und bin ins Bett gegangen. Heute habe ich noch einmal gelesen, was ich gestern schrieb, und mir ist klar geworden, woher meine plötzliche Unlust kam. Ich war genau an meinem wunden Punkt angelangt – bei meiner Andersartigkeit, unter der ich von klein auf gelitten habe. Nein, *von klein auf* ist nicht richtig. An meine Kleinkindzeit habe ich noch unbeschwerte Erinnerungen. In der Frühesten sitze ich auf Tante Isas Schoß, sie berührt nacheinander jeden meiner Finger und erklärt: »Das ist der Daumen, der schüttelt die Pflaumen, der liest sie auf, der trägt sie ins Haus, und der kleine isst sie alle, alle auf.«

Ich höre noch jetzt ihre jubelnde Stimme, wenn sie beim kleinen Finger angekommen war und mir im selben Moment eine saftige Pflaume in den Mund schob. Ich weiß genau, dass dies meine Erinnerung ist, auch wenn ein Video existiert, in dem Benjamin als kleiner Junge auf dem Schoß unserer Mutter sitzt und sich genau die gleiche Szene abspielt. Benjamin glaubt, ich hätte diese Erinnerung vielleicht nachträglich unbewusst aus dem oft Gesehenen konstruiert, aber ich bin mir völlig sicher, dass es Tante Isas Stimme ist, die ich höre, und ich fühle noch, wie mir der Pflaumensaft die Mundwinkel herunterrinnt.

Ich erinnere mich nicht visuell an Tante Isa, nur an ihre Stimme und ihre Wärme. Von ihr existiert kein einziges Video und es gibt nur sehr wenige Fotos. Darauf sieht sie Mutter allerdings sehr ähnlich. Beiden war offensichtlich schon die in ihrer Generation bestmögliche *Gen-Aufbesserung* zuteil geworden. Von der dicken Nase ihrer Mutter oder den abstehenden Ohren ihres Vaters findet sich bei den Schwestern nichts mehr. Soviel ich weiß, war zur Zeit meiner Großeltern die genetische Kontrolle noch auf die Ausmerzung von erblichen Krankheiten beschränkt. Wenn ich Bilder von ihnen betrachte, sehen sie so unästhetisch aus wie heute nur die wildwüchsigen *No names*. Und ich.

Da bin ich wieder an dem Punkt angelangt, der mich zur Außenseiterin abstempelt. Ich erinnere mich mit Grausen an meine Einschulung. Da unsere Villa in einem der vornehmsten Viertel der Stadt liegt, waren in meiner Klasse außer mir nur *Markenkinder*. Einige wenige stammten aus nicht ganz so anerkannten Markenlabors, waren nicht ganz so perfekt im Design, aber *wildwüchsig* war außer mir niemand. Schon am ersten Tag spürte ich die abschätzigen Blicke, das verächtliche Tuscheln. Um mich herum bildete sich ein leerer Kreis, dessen Grenze niemand übertrat, als wäre er von einer hohen Mauer umgeben.

In diesem Kreis stehe ich heute noch.

Vor einigen Wochen hat mir Benjamin aus seinem Archiv der Literatur des zwanzigsten Jahrhunderts ein Buch mitgebracht, das zwar in einer ganz anderen Zeit, an einem ganz anderen Ort spielt, aber ich hatte sofort das Gefühl: Dieses Buch handelt auch von mir. Ich will versuchen, es kurz zusammenzufassen:

Irgendwo im Süden der USA hat ein weißes Ehepaar nach einer In-vitro-Fertilisation (im Buch nennen sie es Retortenzeugung) ein schwarzes Baby bekommen. Ein übermüdeter Assistenzarzt hatte bei der Übertragung

in die Gebärmutter die tiefgekühlten Embryonen verwechselt. Die Frau, der das Kind während der Schwangerschaft ans Herz gewachsen war, entschied sich, es trotzdem großzuziehen. Der Junge, der also versehentlich aus einem herrenlosen Embryo, der für die verbrauchende Forschung bestimmt gewesen war, hervorging, wuchs nun in dem rein weißen Wohnviertel auf. Als ich von dem Hass, der Ablehnung und Ausgrenzung las, die er in seiner Kindheit erdulden musste, identifizierte ich mich so sehr mit ihm, dass ich oft nicht weiterlesen konnte, weil es mich einfach zu sehr mitnahm. Am Ende des Buches zieht er als junger Mann in eins der Schwarzen-Ghettos, um endlich als Gleicher unter Gleichen zu leben, aber hier muss er erfahren, dass er von seinen Mitmenschen als *Weißneger* abgelehnt wird, weil er nicht ihren Slang spricht, nicht ihre Sitten und Gebräuche kennt und seine ausgezeichnete Bildung ihm als Hochmut angekreidet wird.
Ich musste sofort daran denken, wie ich einmal in den *City-Rapid* gestiegen bin, um mir eins der *Satellitenviertel* real und nicht nur in der *Medienstation* anzusehen. Ich habe es dort nicht lange ausgehalten. Das Schlimmste waren nicht die abbröckelnden Fassaden, das grellbunte Design der Gebäude, der herumfliegende Müll und die ungefilterte Luft – nein, die Menschen waren es, die mich am meisten bedrückten. An vielen Orten lagen geistesabwesende Süchtige herum, während an anderen Cliquen zusammenstanden, die schon durch ihr martialisches Äußeres eine Aura der Bedrohung erzeugten, eine geballte Ansammlung von Leder, Metall und aggressiven Blicken. Bei meinen Versuchen, diesen Cliquen auszuweichen, geriet ich immer weiter in die Schluchten zwischen den Hochhäusern hinein, verlief mich und suchte verzweifelt nach einer *City-Rapid-Sta-*

tion, die hier unglaublich spärlich vorhanden sind. Ich sprach eine junge Frau mit zwei kleinen Kindern an, ob sie mir den Weg zur nächsten *CR-Station* sagen könne. Sie verstand mich kaum, wiederholte nur fragend »*City-Rapid*?«, und als sie mir schließlich antwortete, hatte ich Mühe ihr Denglisch zu begreifen. Aber da ich sowohl meine Ursprungssprache Deutsch, auf deren Erhaltung in unseren Eliteschulen viel Sorgfalt verwandt wird, als auch die Weltsprache Englisch beherrsche, konnte ich mir ihr aus deutschen und englischen Wortbrocken zusammengemanschtes Idiom halbwegs übersetzen. Bevor ich mich in die von ihr beschriebene Richtung davonmachte, warf ich noch einmal einen Blick auf ihre beiden Kinder, und obwohl ich es nicht wollte, ekelte ich mich vor ihrer Hässlichkeit. Wie kann eine Mutter es verantworten, so unästhetische Kinder in die Welt zu setzen, dachte ich und schämte mich im gleichen Moment dafür. Die arme Frau hätte ihren Kindern bestimmt auch gern das schönste Design gegönnt, mit dem sie es im Leben zu etwas bringen könnten, wenn sie es denn hätte bezahlen können. Sie traf wirklich keine Schuld.

Aber du, Mama, du hättest mir das teuerste Design der Welt angedeihen lassen können, und ich laufe herum wie einer von diesen *No name*-Menschen hier, die für die meisten nur Abschaum sind. Mama, hast du nicht bedacht, dass sich unsere Nachbarn, meine Mitschüler, alle in meiner Umgebung ständig zusammenreißen müssen, um mir ihren Abscheu nicht allzu offen zu zeigen, so wie ich mich zu einem Lächeln gegenüber diesen *ungestalteten* Kindern zwang?

Ich verließ das *Satellitenviertel*, und ich weiß seitdem, dass ich dort nicht einen Tag leben könnte. Äußerlich bin ich zwar ein *No name*-Produkt wie sie, aber ich bin durch und durch geprägt von der Kultur der *Markenmenschen,* unter denen ich aufgewachsen bin, wenn auch nur an ihrem Rande.

1. März

Heute habe ich mich nach unten in unser Wohnzimmer zurückgezogen, weil oben im ersten Stock die Handwerker herumwerkeln. Irgendetwas mit den Fühlern der Haussteuerung stimmt nicht, die Klimaanlage reagiert falsch, sagt Benjamin. Die Wand zwischen meinem Zimmer und Benjamins Arbeitszimmer wird aufgestemmt, um neue Fühler zu installieren. Ziemlich viel Dreck und Lärm! Aber sie werden auch gleich den wunderschönen großen Wandspiegel in meinem Zimmer anbringen, den Benjamin mir gestern Abend geschenkt hat. Ich war ganz sprachlos, als er damit ankam. So ein wertvolles Geschenk – ganz ohne Anlass! Aber Benjamin sagte: »Der Anlass ist, dass ich den Spiegel im Antiquariat entdeckt habe und so begeistert von ihm war, dass ich ihn sofort kaufen musste.«
Es ist aber auch wirklich ein außergewöhnliches Stück, Jugendstil, mit einem Ebenholzrahmen, in den schlanke Tänzerinnen und rankende Rosen geschnitzt sind.
»Genau der richtige Rahmen für das Spiegelbild einer jungen, hübschen Frau«, sagte Benjamin, und dass er deshalb in meinem Zimmer hängen solle. Ich wusste gar nicht, wie ich ihm danken konnte. Ich umarmte ihn und drückte ihm einen Kuss auf die Wange. Aber ich hatte nicht bedacht, dass er das in letzter Zeit nicht mehr so gern hat, obwohl er, als ich noch kleiner war, nicht genug mit mir schmusen konnte. Er löste sich schnell wieder aus meinen Armen und kehrte in sein Zimmer zurück.
Als er gegangen war, habe ich erst mal geheult. Benja-

min ist immer so gut zu mir! Er ist zwar mein Bruder, genauer gesagt, mein Halbbruder, aber für mich ist er fast wie ein Vater. Nicht nur, weil er achtzehn Jahre älter ist als ich, sondern weil er mich nach Tante Isas Tod praktisch allein großgezogen hat. Seit meinem sechsten Lebensjahr ist er der einzige Mensch, auf den ich mich uneingeschränkt verlassen kann, der immer zu mir gestanden hat und von dem ich noch nie auch nur den Anflug von Ablehnung gespürt habe. Und dabei ist er ein wirklich perfekter *Dike*-Typ, der sich überall sehen lassen kann: 192 cm groß, schlank, blond, blaue Augen, ein ebenmäßiges Gesicht mit hoher Stirn, einer geraden schlanken Nase, vollen, aber nicht unmännlichen Lippen.

Warum musste ich eigentlich heulen? Wahrscheinlich, weil er gesagt hatte: der passende Rahmen für eine junge, hübsche Frau. Da habe ich daran gedacht, dass es außer ihm niemanden gibt, der mich »hübsch« nennen würde. Lange Zeit habe ich geglaubt, es sei mir völlig gleichgültig, dass sich keiner der Jungen aus meiner Klasse oder aus der Nachbarschaft für mich interessiert, während fast alle anderen Mädchen schon einen festen Freund haben. Ich habe mich ja auch seit Jahren zurückgezogen, gehe nur noch am Pflichttag, dem unumgänglichen *Klassentreffen* einmal im Monat, zur Schule und lerne ansonsten an meiner *Medienstation*. Ich hasse geradezu diese Pflichtschultage. Heute muss ich zwar kaum noch Sticheleien und Gehässigkeiten über mich ergehen lassen wie in der Grundschulzeit, aber die anderen ignorieren mich in der Regel einfach; niemand wendet sich mir zu, niemand will etwas von mir wissen. Ich bin heilfroh, wenn ich bald mein Abitur geschafft habe (hoffentlich!) und danach nie mehr zu einem dieser *Klassentreffen* gehen muss! Die *kommuni-*

kative Kompetenz soll angeblich an diesen Pflichtschultagen gefördert werden. Bei mir wird nur die kommunikative Abscheu gefördert! Mir können sie allesamt gestohlen bleiben, diese eingebildeten *Markenkids* – Mädchen wie Jungen!
Nur im Traum kann ich nicht verhindern, dass so ein *Dike-* oder *Berok*-Typ auftaucht und ich mich vor Sehnsucht nach ihm verzehre. Ich werfe mich in seine Arme, er streichelt und küsst mich – und dann wache ich meist auf, heiß und feucht, und bin völlig verstört, weil mein Körper auf einen Phantommann reagiert hat und ich nicht weiß, wohin mit meinen Sehnsüchten.
Ich weiß nur, wohin nicht. Ich habe nicht die geringste Lust, in eine der *Stätten* zu gehen. Benjamin hat mir schon vor einem Jahr den Zugang zu den offiziellen Infos über die *sexuellen Begegnungsstätten* geöffnet, die in der *Medienstation* nur über die Codenummer des Erziehungsberechtigten zugänglich sind. Der Besuch der *Stätten* ist erst ab achtzehn Jahren gestattet. Ich weiß also schon, dass man dort anonym und völlig unverbindlich seine sexuellen Bedürfnisse befriedigen kann. Man kommt in einen Empfangsraum, gibt ein, wer man ist (Markenname, Typ, Erscheinungsjahr, Copyright und so weiter), wen man sich als Sexualpartner wünscht (siehe oben!) und welche Art von Sex man praktizieren möchte, ob hetero- oder homosexuell, ob mit oder ohne Penetration, oral, manuell, ob in Seide, Lack oder Leder, ob äquivalent hierarchisch oder sadistisch/masochistisch und in welcher Ausprägung (Angaben in Prozent), ob klassisch oder mit Fetischen und mit welchen und so weiter. Wenn der gewünschte *Markenpartner* mit den entsprechenden Wünschen anwesend ist, begibt man sich gleich in den Vorbereitungsraum. Wenn nicht, wartet man in der Bar, bis ein

entsprechendes Angebot angezeigt wird, oder man muss zu Abstrichen an seinen Vorstellungen bereit sein. Im Vorbereitungsraum kann man sich duschen, sich mit keimtötenden Hygienesprays gegen Infektionen absichern, kann Potenz- oder Anti-Frigiditätspillen einnehmen, orgasmusfördernde Pflaster aufkleben, und dann geht's endlich in den Erfüllungsraum. Was dort passiert, darüber habe ich natürlich auch außerhalb der offiziellen Informationen schon genug gehört, gelesen und gesehen. Sex und Sport sind nun mal die Hauptthemen in allen Medien. Dennoch, ich kann es mir kaum vorstellen, einen Mann so nah an mich heranzulassen. In mich hinein sogar. Also irgendwie – ich weiß nicht. Dazu kommt noch, dass in den *Markenstätten* wohl kaum ein Mann sich eine *No name* wünschen würde und in die *No-name-Stätten* kriegen mich keine zehn Pferde. Sie sind geradezu als Hochburgen der Mafia verschrien.

Außerdem bin ich als *No name*-Frau verschlossen. Wenn ich an all die Lobeshymnen denke, in denen die Wohltat der *Gendesigner* gefeiert wird, die den *Markenfrauen* den Anachronismus eines Hymens wegdesigned haben, kann ich daraus ja nur schließen, wie furchtbar es ist, es in sich zu tragen. Immer wieder muss ich mir anhören, was für eine Belastung es für die Frauen früher war und die *No name*-Frauen noch heute ist, dass der erste Geschlechtsverkehr mit der Zerstörung des Hymens einhergeht: eine ekelhafte, blutige, schmerzhafte Angelegenheit, die angeblich Frauen auf viele Jahre frigide macht. Wie soll ich mich da freiwillig auf so etwas einlassen? Benjamin hat mir vorgeschlagen, mir mein Hymen beim Gynäkologen operativ entfernen zu lassen, aber das kann ich immer noch machen lassen – wenn überhaupt jemals Bedarf dafür besteht.

Im Moment kann ich es mir nicht vorstellen. Die meisten jungen Männer, die ich kenne, öden mich nur an und ich sie mit Sicherheit erst recht.
In die *Stätten* zieht mich jedenfalls nichts. Für meine rein körperliche sexuelle Befriedigung kann ich allein müheloser und billiger sorgen. Und etwas anderes findet man da ja auch nicht.
Was mich wundert, ist, dass Benjamin die *Stätten* offenbar regelmäßig aufsucht. Oder eigentlich müsste ich sagen: Was mich wundert, ist, dass Benjamin mit keiner Frau zusammenlebt. Dabei ist er doch ein von Frauen begehrter und umschwärmter Typ. Aber wenn ich ihn darauf anspreche, sagt er: »Ich bin zwar äußerlich ein hypermoderner *Dike-Typ*, aber innerlich ein Relikt aus dem zwanzigsten Jahrhundert. Mit so einem verschrobenen Professor wie mir kann keine was anfangen. Und was ich mit diesen Frauen anfangen kann, beschränkt sich auf das, was mir die *Stätten* bieten.«

4. *März*

Gestern habe ich den ganzen Abend mit Benjamin verbracht. Eigentlich fühlte ich mich ziemlich erschöpft vom vielen Lernen und wollte mir nur irgendeinen *Happy-Film* angucken und dann früh ins Bett gehen, aber anstatt mich sanft einzulullen, machte mich diese Rührstory so richtig wütend. Die Geschichte ist schnell erzählt:

Ein junger *No name*-Mann verliebt sich unsterblich in ein *Idadis*-Mädchen. Natürlich will sie nichts von ihm wissen. Er ist aber ein außergewöhnlich begabter Maler, der die wunderschönsten Bilder malt, deren Motiv immer und immer wieder das schöne *Idadis*-Mädchen ist. Mit diesen Bildern wird er weltberühmt, reich und erobert zu guter Letzt das Herz seiner Angebeteten.

Ich ärgerte mich maßlos über diesen Hollywood-Kitsch, der mit der Wirklichkeit so viel zu tun hat wie früher das Märchen vom Schweinehirten, der eine Prinzessin heiratet. Im schreienden Kontrast dazu standen die Werbespots, in denen die neuesten Produkte der *Genlabors* angepriesen wurden. *Dike* versucht mit einem riesigen Werbeaufwand seine Idee der *Markensicherheit* durchzusetzen. Denn natürlich kommt es vor, dass vollkommen ungestaltete Menschen durch einen Glücksgriff der Natur einem *Markenprodukt* zum Verwechseln ähneln. Darum sind die *Gendesigner* von *Dike* jetzt auf die geniale Idee gekommen, ihre Marke mit einem eindeutigen Zeichen zu versehen. Alle *Dike*-Menschen der *aktuellen Produktlinie* haben spitz zulaufende Ohrläppchen, regelrechte Dreiecke, die dem *Dike*-Symbol entsprechen.

»Spitz ist Spitze« und »Make sure to be an original«: Diese Slogans durfte ich mir immer wieder anhören, bis ich mich noch vor der Hollywood-Traumhochzeit aus der *Station* ausklickte und zu Benjamin hinüberging. Auch er saß vor seiner *Medienstation*, aber den Film, der auf seinem Bildschirm lief, hatte ich schon unzählige Male gesehen. Ich sah Menschen auf dem Weg zur *Luna Touristik IV*-Rakete, sah das herangezoomte Gesicht eines Mannes, der lächelnd in die Kamera winkt, dann den Schwenk auf eine ebenfalls winkende Frau mit einem Jungen an der Hand. An dieser Stelle war der Film offensichtlich geschnitten worden, denn gleich darauf hob die Rakete schon ab, stieg senkrecht und pfeilschnell auf – und explodierte. Eine kurze Zeit präsentierte sich der ungeheure Feuerball in einem klaren, ruhigen Bild, dann verwackelte es, und der Film riss ab. Ich fragte mich, warum sich Benjamin schon wieder diesen Film von der Katastrophe ansah, bei der sein Vater ums Leben gekommen war. Wie oft hatte er schon in dessen lächelndes Gesicht vor dem Start geschaut, hatte unsere Mutter und sich selbst ihm zuwinken sehen, ein unwissendes Winken ohne Ahnung, dass es der letzte Gruß sein würde. Es muss Tante Isabelle gewesen sein, die den Film aufgenommen hat. Als Familiendokument von der wohlverdienten Reise von Benjamins Vater zur *Holiday-on-moon-Station* geplant, ist es zur Reliquie für Benjamins Erinnerung an das traumatische Erlebnis geworden. Noch mehr als zwei Jahrzehnte später, als er mir zum ersten Mal davon erzählte, schwang in seiner Stimme das ungläubige Entsetzen mit, das er damals empfunden haben muss. Seit zehn Jahren hatte die kommerzielle Raumfahrt Tausende von Touristen auf die *Holiday-on-moon-Station* befördert. Benjamins Vater gehörte zu den Anteilseignern des Konsortiums, das den *Lunatic-Hotel-Komplex* auf dem Mond betrieb, wollte endlich auch einmal selbst in den Genuss des *völlig losgelösten Urlaubs* kommen – und löste sich in Feuer und Rauch auf. Gleich nach dem Unfall kamen Gerüchte über Sabotage durch ein Konkurrenzunternehmen auf, andere vermuteten einen Programmierungsfehler, wirklich geklärt werden konnte die Ursache der ersten großen Katastrophe der kommerziellen Raumfahrt jedoch nie.

Benjamin klickte seine *Station* aus. Erst jetzt setzte ich mich neben ihn. Eine Weile blickten wir stumm auf den graugrünen Monitor, bis Benjamin, ohne mich anzusehen, die Stille brach: »Manche Dinge kann man noch so oft wiederholen, man begreift sie trotzdem nicht.«

Ich sagte nichts. Was hätte ich auch sagen können? Was meinte er mit *manche Dinge*? Meinte er die allgemeinen Umstände des Unfalls, die ganz persönliche Katastrophe, die er für ihn bedeutet hatte, oder meinte er den Tod als solchen. Und hat den je ein Mensch begreifen können?

Doch jetzt wandte er sich mir zu, lächelte mich sogar an mit dem wehmütigen Lächeln, das seinen maßgeschneiderten Gesichtszügen einen verletzlichen Ausdruck verleiht, was sie mir umso liebenswerter erscheinen lässt.

»Manchmal lasse ich den Film zurücklaufen, lasse aus dem Feuerball wieder eine Rakete entstehen, lasse die Menschen rückwärts auf mich zulaufen, meinen Vater mir zuwinken – zur Begrüßung. Aber das geht eben nur im Film. In der Wirklichkeit wird der Zeitpfeil wohl auch in Zukunft nur in eine Richtung zeigen, auch wenn die Science-Fiction-Autoren ihn in ihren Visionen noch so oft umdrehen.«

Ich nickte ihm zu. Ich kenne Benjamins Aversionen gegen die Science-Fiction. Er befasst sich nicht gern mit der Zukunft. Er beschäftigt sich nicht nur beruflich als Professor für die Geschichte des zwanzigsten Jahrhunderts mit der Vergangenheit, manchmal habe ich das Gefühl, er lebt mehr in ihr als in der Gegenwart. Unser ganzes Haus ist voll gestopft mit Antiquitäten, mit Möbeln, Bildern, Kunst- und Alltagsgegenständen, die dieses Jahrhundert hervorgebracht hat. Sein Arbeitszimmer ist an allen vier Wänden vom Boden bis zur Decke mit Büchern voll gestellt, die er von seinen Pirschgängen in Antiquariate mitbringt.

»Die Zeit kannst du nicht zurücklaufen lassen, das stimmt, Benjamin, aber du hast wenigstens Erinnerungen an deinen Vater, irgendetwas von ihm lebt in dir weiter – ich weiß nicht, wie ich es ausdrücken soll ...«

»Ich verstehe schon, was du meinst.«

»Ja, und das ist doch auch etwas. Ich dagegen weiß nichts von meinem Vater, absolut nichts, außer, dass er Inder war – oder ist. Vielleicht lebt er ja noch, wahrscheinlich sogar, aber für mich ist er genauso tot wie dein Vater. In dir gibt es wenigstens einen Platz, den dein Vater einnimmt, in mir ist nur ein großer weißer Fleck. Und unsere Mutter kenne ich auch nur von Fotos und Videos, während du deine ganze Kindheit und Jugend mit ihr verbracht hast!«

Ich hielt plötzlich inne. Meine eigene Stimme kam mir ganz fremd vor. Ich hatte mich immer mehr in einen weinerlichen, anklagenden Tonfall hineingesteigert, obwohl Benjamin doch nicht schuld an meinem Schicksal ist, im Gegenteil, er hat alles getan, um mir Mutter und Vater zu ersetzen. Mein Gefühlsausbruch war mir plötzlich furchtbar peinlich, und ich entschuldigte mich bei Benjamin dafür.

Er winkte nur ab, sah mich aber sehr nachdenklich und ernst an.

»Ich verstehe, dass dich deine ungeklärte Herkunft belastet. Aber alles, was ich darüber weiß, habe ich dir schon erzählt. Ich kann auch nicht mehr Licht in das Dunkel bringen.«
Es stimmt. Benjamin hat auf meine Fragen immer geantwortet, soweit er sie beantworten konnte. Aber es waren nur verstreute Informationen, kurze Antworten auf einzelne mich bedrängende Fragen. Deshalb bat ich ihn, mir noch einmal im Zusammenhang alles zu erzählen, was er über meine Geburt, meine Mutter und meinen Vater weiß. Er hat es bereitwillig getan, und ich will versuchen, seinen Bericht möglichst wortgetreu wiederzugeben.

Benjamins Bericht

Ich war achtzehn Jahre alt, als unsere Mutter für zwei Jahre nach Indien ging, dem einzigen Land außerhalb Europas und der USA, in dem die Bestrebungen nach einem *ästhetischen Leben* sich an unser Niveau anzunähern begannen. Es gab bereits *spezifizierte Menschentypen*, die natürlich dem *asiatischen Ideal* nachgebildet waren. Die Manipulierbarkeit des Genotyps war jedoch noch lange nicht so weit fortgeschritten wie bei uns. Unsere Mutter, die ja eine international anerkannte Bio-Ingenieurin war, beriet die indischen Genetiker bei ihren Qualifizierungsversuchen. Ich telefonierte einmal in der Woche mit ihr, sah ihr lächelndes Gesicht auf dem Monitor. Ich war ihre Abwesenheit mehr gewöhnt als ihre Anwesenheit. Solange ich zurückdenken kann, hat sie die meiste Zeit ihrer Arbeit gewidmet und auch viele Jahre im Ausland verbracht. Ich lebte in unserem großen Haus vaterlos und meistens mutterlos, aber es gab einen Menschen, der ganz für mich da war: Tante Isabelle, Mutters ältere Schwester. Wenn ich jetzt zurückblicke, denke ich, mir hätte damals die Unruhe Tante Isabelles nach den Telefonaten mit Mutter auffallen müssen. Aber ich war jung, war viel zu sehr mit meinen eigenen Angelegenheiten beschäftigt, um mir Gedanken über den Gemütszustand Tante Isabelles zu machen.

So war ich ziemlich verblüfft, als sie eines Tages ihre Koffer packte und erklärte, sie würde Mutter in Indien besuchen. Tante Isabelle war noch nie verreist! Sie faselte irgendetwas von »Ich muss ja auch mal was von der Welt sehen« und »Deine Mutter kann ja auch nicht immer so allein da draußen in der Fremde klarkommen.« Ich schüttelte nur den Kopf. Mutter war ihr Leben lang allein klargekommen. Was sollte das jetzt? Aber ich hielt es für einen plötzlichen Spleen Tante Isabelles und grübelte nicht weiter darüber nach. In den folgenden Wochen telefonierte ich mal mit ihr, mal mit Mutter, wir wechselten die üblichen Floskeln, ich bemerkte nichts Außergewöhnliches, nur kamen mir Mutters Gesichtszüge seltsam weich vor.

Eines Tages, als ich nach meinem Gesundheitstraining und Schönheitspflege-Programm nach Hause kam, saß Tante Isabelle in unserem Wohnzimmer. Ich begrüßte sie verwirrt, denn ich hatte ihre Rückkehr noch nicht erwartet.

»Setz dich, Benjamin!«, forderte sie mich mit versteinerter Miene auf.

Ich tat es, und sie begann mir Dinge zu sagen, die ich nicht fassen konnte. Mutter war tot, gestorben am Kindbettfieber nach der Geburt eines Mädchens.

Offenbar weigerte sich mein Gehirn damals, die entscheidenden Informationen aufzunehmen, denn meine Gedanken kreisten nur um das Wort *Kindbettfieber*. Ich hatte es schon mal gelesen; es war etwas, woran Frauen früherer Zeiten gestorben waren, aber das hatte doch nichts mit heute, mit der Realität, mit meiner Mutter zu tun!

Tante Isabelle sprach von Mutters hohem Alter, den unglaublichen hygienischen Bedingungen bei der indischen Familie, bei der sie sich verborgen und wo die Geburt sich über sechsundvierzig qualvolle Stunden erstreckt hatte.

»Ich habe wirklich alles Menschenmögliche getan, das musst du mir glauben, Benjamin, aber …«

Sie stockte und verbarg ihr Gesicht in ihren Händen. In dem Moment hörte ich aus dem ersten Stock ein Geräusch wie von einer jaulenden Katze.

Ich starrte Tante Isabelle entsetzt an. Sie nickte ernst und sagte: »Komm mit!«

Sie führte mich in unser Gästezimmer. Auf dem Bett, eingerahmt von Wülsten aus Decken, lag ein jammerndes Bündel Mensch. So, Simone, bist du in mein Leben gekommen.

Ich fragte Tante Isabelle nicht nach weiteren Details deiner Entstehung aus. Ich wollte überhaupt mit der ganzen Sache wenig zu tun haben. Für mich warst du damals nur ein verschrumpeltes Etwas, das meine Mutter das Leben gekostet hatte, warst der sichtbare Beweis ihrer unverzeihlichen Verirrung, denn so sah ich damals ihre Liebesbeziehung zu einem indischen Mann, der offenbar dein Vater war. Mutter hat nichts über ihn verraten. Ich konnte nicht begreifen, dass sie es zu einer *wilden Schwangerschaft* hatte kommen lassen, dass sie ein *No name*-Kind zur Welt gebracht hatte. Tante Isabelle hat Mutter versprochen, für dich zu sorgen, und sie hat es ja auch getreulich getan. Aber ich muss gestehen, dass ich damals dein Dasein am liebsten ignoriert hätte, ja, ich floh regelrecht aus dem, was ich bis dahin als mein Zuhause empfunden hatte. Ich ging nach London, studierte Geschichte und Kultur des zwanzigsten Jahrhunderts, vergnügte mich in den *Stätten* mit *Dike-*, *Idadis-* oder *Berok*-Frauen und verdrängte, so gut es ging, die Gedanken an das, was ich hinter mir gelassen hatte. Bei meinen monatlichen Telefonaten mit Tante Isabelle erkundigte ich mich gewöhnlich, ob »zu Hause alles in Ordnung« sei, und sie antwortete: »Ich komme schon klar.«

Ich hatte gerade mein Examen bestanden, als Tante Isabelle schwer erkrankte und mich bat, nach Hause zu kommen. Ich konnte nicht mehr tun, als sie sofort in ein Krankenhaus zu bringen. Hohes Fieber verwüstete innerhalb kürzester Zeit ihren vitalen Körper, ein resistenter Bakterienstamm, sagten die Ärzte bedauernd, und nach einer Woche war sie tot. Ich stand noch ganz unter Schock, als ich ihre Beerdigung regeln musste. In einer Zeit, in der die meisten Menschen in jugendlicher Frische das achtzigste Lebensjahr erreichen und selten vor ihrem hundertsten Geburtstag sterben, hatte ich alle meine Angehörigen noch vor deren fünfzigstem Lebensjahr verloren. Alle – bis auf eine: dich, das sechsjährige Mädchen, das in dem zum Kinderzimmer umgebauten ehemaligen Gästezimmer hauste und mich mit verweinten Augen fragte, wann denn *Isa* (so nanntest du Tante Isabelle) endlich wiederkäme. Ich hielt es für das Beste, dich nicht mit irgendwelchen Lügen zu vertrösten und erklärte dir sachlich, dass *Isa* tot sei.

»Für immer tot?«, fragtest du.

»Ja, Kleine, für immer.«

Und dann kamen seltsamerweise mir die Tränen.

In den Tagen nach Tante Isabelles Beerdigung versuchte ich, dir über den Verlust deiner einzigen Bezugsperson hinwegzuhelfen. Aber in Wirklichkeit hast du mir wohl mehr geholfen als ich dir. Ich hatte keinerlei Erfahrung mit Kindern. Obwohl ich anfangs sehr befremdet war von deiner Kleinheit und Zartheit, deinen Mandelaugen, deinen ungewohnten Proportionen, deiner ganz andersartigen Weise, die Welt zu sehen, zog mich die Beschäftigung mit dir zunehmend in deinen Bann. Du warst so spontan in deinen Gefühlen, dass ich meine Distanz zu dir schneller verlor, als ich darüber nachdenken konnte. Wenn ich in dein Zimmer kam, strecktest du mir deine Ärmchen entgegen, wolltest auf den Arm genommen, durch die Luft geschleudert werden wie ein Flugzeug; du hast gejuchzt und gegluckst dabei, dass ich dachte: So kann ein Mensch sich freuen – über nichts? Genauso schnell konntest du aber auch zu weinen anfangen, wenn dein Schlafhase ein Loch im Ohr hatte oder deine *Play station* nur *error* meldete. Und so bist du mir langsam, aber sicher, ans Herz gewachsen, und ich habe dich großgezogen, so gut ein verschrobener Professor wie ich es eben vermag.

6. März

Puh, war das anstrengend, Benjamins Bericht so im Einzelnen per Hand aufzuschreiben. Eigentlich wollte ich an dem Abend noch ganz viel über meine Gefühle und Gedanken dazu schreiben, aber ich habe das Tagebuch erst mal völlig erschöpft zugeschlagen. Doch jetzt will ich versuchen, ein wenig davon nachzuholen.
Ich habe aus Benjamins Bericht zwar keine neuen Tatsachen erfahren, aber die Art, wie er über mich gesprochen hat, hat mir wieder einmal gezeigt, dass es doch einen Menschen gibt, für den meine Existenz nicht lästig und überflüssig ist und der mich so akzeptiert, wie ich nun mal bin, während ich sonst immer nur das Gefühl habe, eine Zumutung für das ästhetische Empfinden meiner Mitmenschen zu sein.
Ach, Mama, was hat dich nur bewogen, mich *Wildgewächs* in die Welt auszustoßen? Nach allem, was ich von Benjamin weiß, warst du doch eine kluge und verantwortungsbewusste Frau. Bis dieser Mann in dein Leben kam, mein Vater. Was hat er mit dir gemacht? Hat er dich verhext? Dieser Mann, der außer meiner Existenz keine für mich erkennbaren Spuren hinterlassen hat – außer einer winzigen, von der ich noch nichts wusste und die Benjamin mir nach seinem Bericht über mich und meine Vergangenheit überreicht hat.
Er ging zu seinen Regalen, die seine geliebte Erotika-Sammlung beherbergen, Bücher, die zum Teil noch aus dem neunzehnten und sogar achtzehnten Jahrhundert stammen und die Benjamin gern als galante Schriften bezeichnet. Er holte ein in rotes Leder gebundenes Buch

hervor, auf dessen Rücken nur ein Wort eingeprägt war: KAMASUTRA.

»Das Buch habe ich in Tante Isabelles Nachlass gefunden. Das KAMASUTRA ist ein uraltes indisches Buch aus dem zweiten bis vierten vorchristlichen Jahrhundert, schätzt man, eine Art Handbuch möglicher Sexualpraktiken. Früher nannte man es allerdings romantischer eine Liebeslehre.«

Benjamin gab mir das Buch in die Hand. Der Einband war schon an vielen Stellen abgeschabt, und als ich darin blätterte, fielen mir einige lose Seiten entgegen.

»Vorsicht! Der Leim ist schon ziemlich brüchig«, mahnte Benjamin und fuhr fort: »Ich wunderte mich damals etwas darüber, ausgerechnet dieses Buch in Tante Isabelles Nachlass zu finden, weil ich sie so einschätzte, dass sie sich eher für die Praktiken des Blumenarrangements interessiert hat. Das Buch stand jedenfalls zwischen mehreren Bänden zum Ikebana, der ebenfalls uralten japanischen Kunst des Blumensteckens. Als ich das KAMASUTRA aufschlug, fiel mein Blick auf die Widmung auf der ersten Seite, hier!«

Benjamin nahm mir das Buch wieder aus der Hand und hielt es mir auf der ersten Seite aufgeschlagen hin. Ich nahm es, sah einige handschriftliche Zeilen in einer mir unbekannten Sprache, doch ein Wort sprang mir förmlich ins Auge, und ich murmelte erstaunt: »Alina?«

»Ja. Das Buch gehörte gar nicht Tante Isabelle, sondern unserer Mutter. Ihr Vorname in der Widmung machte damals auch mich stutzig. Ich brachte das Buch zu einem Sprachwissenschaftler an meiner Universität, und er fand schnell heraus, dass diese Widmung in Hindi abgefasst ist, einer der wenigen erhaltenen indischen Sprachen. Ich bekam auch bald die Übersetzung geliefert. Dieses Buch ist offenbar ein Geschenk dieses

Inders – deines Vaters, meine ich, an Mutter gewesen. Tante Isabelle muss es nach ihrem Tod zusammen mit dir hierher gebracht haben. Sie hat es mir aber nie gezeigt.«

Ich fühlte mein Herz schneller schlagen. Zum ersten Mal in meinem Leben hielt ich etwas in den Händen, das von dem großen Unbekannten stammt, dem ich die Hälfte meines Genoms verdanke. So dachte ich, distanziert und leicht abfällig, aber mein Herz schlug, als hätte ich einen Liebesbrief erhalten.

»Was steht denn nun in dieser Widmung?«, fragte ich Benjamin ungeduldig. »Zeig mir die Übersetzung!«

»Die brauche ich dir nicht zu zeigen. Ich weiß auswendig, was dort geschrieben steht.«

Er machte eine kleine Pause, in der er mich eindringlich ansah, bevor er zitierte: »Meine geliebte Alina, mögen unsere Bewegungen auf der Erde weiter in den Himmel führen. Dein Ganesha.«

»Ganesha? Dann kennst du ja doch schon seit langem zumindest den Vornamen meines Vaters!«

Benjamin schüttelte langsam den Kopf.

»Leider nein. Ganesha ist der Name eines indischen Gottes, halb Mensch, halb Elefant.«

Da saß ich nun mit diesem merkwürdigen Buch in der Hand, mit dieser merkwürdigen Widmung, mit einem Vater, der sich hinter einem Elefantengott versteckte. Ich wusste nicht, was ich sagen sollte. Ich fühlte mich wie von einer fremden Hand berührt. Ich hatte mich nie mit der indischen Kultur beschäftigt, obwohl ich wusste, dass mein Vater ein Inder sein muss. Oder vielleicht gerade deswegen. Ich wollte nichts damit zu tun haben, es war etwas, das meine Mutter unserer Welt entfremdet, das sie in einen Abgrund gerissen hatte, aus dem dann ich aufgetaucht war.

Benjamin riss mich aus meiner Sprachlosigkeit.
»Das Buch gehört natürlich dir. Ich habe es für dich aufbewahrt, bis du … wie soll ich sagen … bis jetzt, wo du reif genug dafür bist.«
Zu meinem Erstaunen lief er bei seinen letzten Worten rot an. So eine Reaktion hatte ich bei ihm noch nie erlebt. Er merkte, wie ich ihn anstarrte, wandte sich ab, schob die Bücher im Erotika-Regal an der entstandenen Lücke zusammen. Ich stand auf und wollte in mein Zimmer hinübergehen, doch Benjamin kam auf mich zu, schloss mich in seine Arme. Er drückte meinen Kopf an seine Schulter, küsste mich danach auf die Wange und verabschiedete mich mit den Worten: »Schlaf gut, Simone! Und lass die Vergangenheit ruhen!«

7. März

Die letzte Nacht habe ich fast gar nicht geschlafen. Gestern Abend ist es sehr spät geworden, bis ich diese Aufzeichnungen in mein Tagebuch geschrieben hatte. Doch als ich dann endlich im Bett lag, konnte ich trotzdem nicht einschlafen. Ich griff zu dem Buch in dem roten Ledereinband, das ich auf meinen Nachttisch gelegt hatte, um darin zu blättern. Es war 1953 in Neu-Delhi in englischer Übersetzung erschienen, sodass ich keine Schwierigkeiten hatte, den Text zu verstehen. Illustriert war es mit drastischen Zeichnungen, die Paare in allen möglichen und (wie mir schien) unmöglichen Stellungen im Liebesakt darstellten.
Ich blätterte auf die erste Seite zurück und starrte lange auf die mir unverständliche Schrift der Widmung.
»Mögen unsere Bewegungen auf der Erde weiter in den Himmel führen!« Was war damit gemeint? Welcher Himmel? Der göttliche oder der *Siebte Himmel der Liebe*? Welche Bewegungen? Die in dem Buch dargestellten Verrenkungen? Ich verstand es nicht, doch in mir kam eine vage Ahnung auf, dass diese Frau und dieser Mann (ich konnte jetzt nicht an sie als *meine Eltern* denken) Erfahrungen miteinander geteilt hatten, die für mich ein Mysterium waren. Ich spürte in mir eine ungeheure Sehnsucht, in dieses Mysterium einzudringen, eine Unruhe ergriff meinen Körper, die ich nicht bändigen konnte. Ich begann, im KAMASUTRA zu lesen, und diese Lektüre verwirrte mich noch viel mehr. Das war so völlig anders als die *Anleitungen zum effektiven Gebrauch der Stätten* oder ähnliche moderne Sex-Ratgeber, die ich

kenne. Es ist auch viel mehr als nur ein Sex-Ratgeber, es ist ein aus unzähligen detaillierten Regeln zusammengesetzter Kodex für die Lebensführung des *gebildeten Mannes von Welt*. Natürlich wehte mir aus vielen der skurrilen Anweisungen der Geist einer seit mehr als zweieinhalbtausend Jahren vergangenen Epoche entgegen. Da wird empfohlen, im Sommer anstatt der Gärten das Wasser zur Erfrischung aufzusuchen, so man denn »über eine von Krokodilen freie Badegelegenheit verfüge«, es wird das »Schaukeln in hellen Vollmondnächten«, »das gegenseitige Bespritzen mittels eines mit Wasser gefüllten Bambusrohrs«, »das blumenzarte Schlagen der Spielpartner mit den Blüten und Knospen des Kadambabaums« und unzähliges weitere angepriesen. Es gibt ganze Kapitel, die sich damit beschäftigen, wie Kurtisanen aus ihren Liebhabern möglichst viel Geld und Geschenke herauspressen können, wie sich die älteste Ehefrau zur jüngsten Ehefrau und umgekehrt zu verhalten habe, wie sich die Frauen im Harem des Königs zu benehmen haben und dergleichen mehr. Aber auch die Kapitel, die sich ganz konkret mit der körperlichen Liebe beschäftigen, enthalten für mich sehr befremdliche Ratschläge. Da soll der Mann der Frau mit den Fingernägeln Male in die Haut ritzen, die auszusehen haben wie »ein Halbmond, eine Tigerpranke, eine Pfauenkralle, ein hüpfender Hase«. Ähnlich romantische Symbole werden für Bisse verwendet, da gibt es die »Korallenlinie, die Juwelenkette, die zerborstene Wolke und den Biss des Ebers«. Auch wohin und wie der entflammte Liebhaber die Frau schlagen und mit welchen Schreien sie antworten sollte (mit Geräuschen »wie splitternder Bambus« »als ob eine Beere ins Wasser fällt« oder dem »Gurren der Tauben, den Rufen der Papageien, Schwäne, Wachteln ...«) ist genau festgelegt.

Alles, aber auch alles folgt vorherbestimmten Riten. Das ist mir so fremd und stößt mich auch regelrecht ab. Andererseits muss ich zugeben, dass es auch etwas Faszinierendes hat, diese ganze Kultur, die um ein so banales Bedürfnis herum aufgebaut wurde. Denn als banales körperliches Bedürfnis wird es in den modernen Ratgebern dargestellt, als ein Trieb, den es abzureagieren gilt, mithilfe gegenseitiger Vereinbarungen, jeder nach seiner Fasson, jede nach ihren Vorlieben.
Meine Gefühle, die zwischen Ablehnung und Faszination schwankten, ließen mich nicht zur Ruhe kommen. Immer wieder fragte ich mich auch, warum mein Vater meiner Mutter ausgerechnet dieses uralte Buch geschenkt hatte und was es ihr wohl bedeutet haben mag. Erst im Morgengrauen schlief ich endlich ein, und als Benjamin mich zum Frühstück weckte, fühlte ich mich völlig gerädert.
Jetzt werde ich mich in die längst überfällige Mathe-Unterrichtseinheit einwählen. Hoffentlich kann ich mich nach der schlaflosen Nacht überhaupt auf Formeln und Gleichungen konzentrieren!
Eben kam Benjamin rein. Jean-Paul, einer seiner Doktoranden, ist bei ihm, und er will ihn zum Mittagessen einladen. Ich habe mich gleich bereit erklärt, etwas Leckeres zu kochen. Dazu habe ich sowieso viel mehr Lust, als mich mit Differentialen und Integralen herumzuplagen. Ich werde also die Fertigmahlzeit abbestellen und Zutaten ordern. Aber für was? Was soll ich kochen? Vielleicht ein Fischgericht? Die liebt Benjamin jedenfalls sehr.
Was mich ein bisschen wundert, ist Benjamins ungewohnte Gastlichkeit. Sonst empfängt er seine Doktoranden ausschließlich in seinem Sprechzimmer an der Uni. Aber von diesem Jean-Paul, den er heute zu sich

eingeladen hat, scheint er sehr angetan zu sein. Er hat mir schon ein paar Mal von ihm und seinem Forschungsprojekt vorgeschwärmt. Irgendetwas über *Integrationsprojekte für Behinderte im ausgehenden zwanzigsten Jahrhundert*, wenn ich mich recht erinnere. Jedenfalls scheinen die beiden so ziemlich auf einer Wellenlänge zu liegen, und das freut mich für Benjamin. Ich mache mir oft Sorgen um ihn, denn er ist an seinem Fachbereich ziemlich isoliert. Erst neulich klagte er wieder, dass seine Kollegen das zwanzigste Jahrhundert nur als eine Zeit der genetischen Mängel ansehen würden, als Zeit, die zwar ihre Maschinen optimieren konnte, aber nicht das Wichtigste: den Menschen selbst. Benjamin dagegen hat es gewagt, in einer seiner Live-Vorlesungen vom *heutigen Perfektionierungswahn* zu sprechen, der die Menschen nicht besser, sondern nur den Maschinen ähnlicher mache, der zu einer Gesellschaftsstruktur führe, die durch immer verfeinertere Ab- und Ausgrenzungen geprägt sei, denn die *Optimierung* der Gentechnologie schreite ständig voran, und die bereits lebenden Menschen würden innerhalb weniger Jahre zu *Auslaufmodellen*.
Mit dieser Vorlesung hat er sich in seinem Kollegenkreis nur Feinde geschaffen.
Manchmal denke ich voller Schadenfreude, auch meine Klassenkameradinnen, die sich so viel auf ihr *Markengenom* einbilden und aus deren genetischem Bauplan so Überflüssiges wie Hymen, Blinddarm und Steißbein gestrichen ist, werden von ihren Kindern später nur mitleidig belächelt werden, weil sie keine Ultraschallsignale wahrnehmen können (wie die Fledermäuse) oder keine Hochfrequenztöne hören können (wie die Hunde). Diese Fähigkeiten werden den heute gezeugten Kindern schon transferiert, und demnächst wird auch

die Ausnutzung magnetischer Ströme zur Orientierung aus dem Genom der Zugvögel isoliert und transferbereit sein. Und wenn sich erst die Idee der *Markensicherheit* durchsetzt, wie sie jetzt ständig propagiert wird, dann werden meine lieben Klassenkameradinnen, die jetzt so stolz auf ihr *normgerechtes Aussehen* sind, sich bald aussätzig fühlen, weil sie keine dreieckigen Ohrläppchen haben. Vielleicht bin ich doch gar nicht so schlecht dran, denn ich bin es von klein auf gewöhnt, nicht den herrschenden Normen zu entsprechen.
Verdammt, jetzt muss ich mich aber um das Essen kümmern. Aber den letzten Gedanken, den ich notiert habe, finde ich sehr wichtig. Wenn ich öfter so denken könnte, würde ich nicht mehr so selbstquälerisch mit meinem Schicksal hadern.

Nachmittags

Man soll sich auch mal selbst loben, das Essen ist mir ausgesprochen gut gelungen. Ich hatte mir aus der *Medienstation* ein französisches Rezept rausgesucht: *Flétan à la mode de Lille*, ein Heilbuttgericht mit Estragon und Weißwein auf Tomatensoße, eine Komposition in rotweiß, ziemlich kompliziert zuzubereiten, aber sehr lecker.
Jedenfalls wurden meine Kochkünste von unserem Gast gebührend gelobt. Benjamin und er sprachen auch während des Essens die meiste Zeit über seine Doktorarbeit. Benjamin sah Schwierigkeiten für Jean-Paul voraus. Der zweite Prüfer würde wenig Verständnis für den Tenor seiner Interpretationen zeigen. In vorangegangenen Untersuchungen waren die Integrationspro-

jekte für Behinderte am Ende des zwanzigsten Jahrhunderts immer als Musterbeispiel für fortschrittsfeindliche Maßnahmen dargestellt worden, als Zumutung für die *Normmenschen*, die so gezwungen wurden, mit *Krüppeln und Bekloppten*, also *Mindernormmenschen*, zusammenzuleben. In all diesen Arbeiten wurde darauf hingewiesen, dass ein heutiger Mensch mit seinem hochzivilisierten ästhetischen Empfinden so etwas gar nicht mehr ertragen könnte.

»Und nun kommst du, mein lieber Jean-Paul«, sagte Benjamin und prostete seinem Doktoranden zu, »und statt auf den Segen der genetischen Auslese, auf die zunehmende Befreiung der Gesellschaft von allen Anormalen hinzuweisen, preist du die damaligen Modelle als Chance, mit Andersartigkeit umgehen zu lernen und so – ich zitiere dich – ›ein breiteres menschliches Gefühlsspektrum zu entwickeln‹. Da stichst du natürlich in ein Wespennest. Und das an unserer altehrwürdigen Peter-Singer-Universität! Unser Namenspatron wird sich im Grabe umdrehen, wenn du mit dieser Arbeit deinen Doktortitel erlangst!«

Ich kenne Benjamins Aversion gegen den australischen Philosophen Peter Singer, der schon in den siebziger Jahren des zwanzigsten Jahrhunderts die Weichen in der ethischen Diskussion neu gestellt hatte. Während mein Bruder und sein Gast sich darüber unterhielten, dass Singer einer der Ersten war, der dem *menschlichen Leben an sich* Wert und Würde absprach und stattdessen seinen Wert nach einer Punkteskala für Lebensqualität bemaß, betrachtete ich Jean-Paul genauer. Er musste Ende zwanzig sein, schätzte ich, ein großer Mann mit braunen Augen und gelockten Haaren, deren Farbe ein undefinierbares Graubraunblond war. Nicht nur daran, sondern auch an seinem vorspringenden Kinn und den viel zu eng stehenden Augen konnte man gleich erkennen, dass er kein *Markenmensch* war. Das machte ihn für mich sehr interessant, denn *No name*-Studenten an den Universitäten kann man an den Fingern seiner Hände abzählen. Ich beschloss, Benjamin später auszufragen, was es mit diesem Jean-Paul auf sich hat. Gehört er zu den wenigen Aufsteigern aus der untersten genetischen Klasse?

Aber noch etwas anderes verwirrte mich. Ich hatte das Gefühl, ihn schon einmal gesehen zu haben. Das konnte eigentlich nicht sein, aber irgendwie kam er mir bekannt vor. Ich schaute immer wieder verstohlen zu ihm hin, und gelegentlich begegneten sich unsere Blicke. Wahrscheinlich stellte er sich ähnliche Fragen wie ich mir, fragte sich, wieso sein Professor eine *No name*-Schwester hat. Ich wich seinem Blick immer als Erste aus. Doch schließlich wurde es mir zu dumm, und ich schaute ihm direkt in die Augen.

Ein Lächeln überzog sein Gesicht.

»Ich muss mich entschuldigen«, sagte er. »Ich führe hier die ganze Zeit mit Ihrem Bruder Fachgespräche, die Sie sicher vollkommen uninteressant finden …«

Ich unterbrach ihn abrupt. Wofür hielt er mich? Für eine dumme Gans, die dem intellektuellen Austausch der Herren nicht folgen konnte?

»Durchaus nicht! Ich habe mich schon oft gefragt, ob die genetische Auslese, die heute – jedenfalls für die, die sie bezahlen können – so erfolgreich praktiziert wird, wirklich hält, was sie verspricht. Durchgesetzt hat sie sich doch damit, dass sie Leid zu verhindern und die Lebensqualität zu verbessern versprach. Gut, die *Markenmenschen* müssen sich heute mit weniger Erbkrankheiten und Behinderungen abplagen, aber gibt es deshalb weniger Leid, mehr Lebensqualität? Heute erscheint es einem Menschen schier unerträglich, wenn er zum Beispiel eine Bindehautentzündung hat, sein Auge gerötet ist und er weiß, dass die anderen dies als hässlich empfinden. Die Angst vor Hässlichkeit quält die meisten so sehr, dass sie sich nicht aus dem Haus trauen, wenn sie einen Pickel auf der Nase haben, und die Angst vor Entstellung durch einen Unfall oder Krankheiten füllt die Praxen der Psychotherapeuten. Ich habe wirklich so meine Zweifel, ob wir mit der vermeintlichen Ausmerzung des Leids nicht auch unsere Fähigkeit zum Glücklichsein ausgemerzt haben.«

Jetzt schauten mich beide Männer an. Vor allem Benjamin sah erstaunt aus, denn ich sage meistens nicht viel und selten so viele zusammenhängende Sätze hintereinander. Ich bin es gewohnt, dass er es ist, der redet, erklärt, die Welt interpretiert. Er ist so viel älter als ich, hat so viel mehr erlebt und bedacht. Es war aber Jean-Paul, der mir jetzt antwortete: »Ich finde das sehr bemerkenswert, was Sie da gesagt haben. Mir scheint, dass Sie einen Aspekt angesprochen haben, den ich bei meiner Arbeit auch berücksichtigen sollte, was meinst du, Benjamin?«

»Durchaus«, sagte mein Bruder, »und außerdem könnt ihr ruhig das alberne Siezen lassen.«

Jean-Paul lachte und sah mich fragend an. Ich nickte. »Einverstanden.«

Benjamin füllte unsere Gläser mit Rotwein, und ich stieß mit Jean-Paul auf unser Du an. Da mein Bruder ihn duzte (auch das tat er sonst nie mit einem seiner Studenten), wäre es lächerlich gewesen, wenn wir es nicht täten, das sah ich ein.

Nach dem Essen zogen sich Benjamin und Jean-Paul wieder in Benjamins Arbeitszimmer zurück, und ich habe mich an meinen Schreibtisch gesetzt, um dieses aufzuschreiben.

Immer noch denke ich darüber nach, warum mir Jean-Paul so bekannt vorkommt. Ich muss Benjamin fragen. Sicher weiß er mehr über Jean-Paul, und vielleicht findet sich eine Erklärung für mein Gefühl.

Abends

Die Erklärung hat sich gefunden, und sie ist ganz einfach. Als Benjamin es sagte, war mir sofort alles klar. Merkwürdig, dass unser Gehirn manchmal nur verschwommene Bilder liefert, die uns ahnen lassen, dass wir etwas wissen, aber dieses Wissen nicht preisgeben! Jetzt sehe ich ihn ganz deutlich vor mir: Albert Nannère, den berühmten Tenor aus Paris, den *Caruso des einundzwanzigsten Jahrhunderts*. Erst kürzlich, zu seinem zehnten Todestag, hatte ich einen Zusammenschnitt seiner Starrollen gesehen. Natürlich! Die gleiche undefinierbare Haarfarbe, die engstehenden Augen, das vorspringende Kinn! Aber mein Gehirn konnte wohl einfach keine Verbindung herstellen zwischen dem jungen Doktoranden in unserem Esszimmer und dem alternden weltberühmten Tenor. Doch es fiel mir wie Schuppen von den Augen, als Benjamin sagte:
»Jean-Paul ist ein Klon von Albert Nannère.«
Ich schlug mir mit der Hand vor den Kopf.
»Dass ich darauf nicht gleich gekommen bin!«
»Aber sprich ihn bloß nicht darauf an!«, warnte mich Benjamin, »darauf reagiert er nämlich allergisch. Er hat sich sogar einen anderen Namen zugelegt, damit man ihn nicht immer gleich mit Albert Nannère in Verbindung bringt.«
Ich begreife jetzt jedenfalls, dass Jean-Paul nicht des-

halb kein *Markenmensch* ist, weil seine Eltern sich keins der angesehenen *Marken-Genlabors* hätten leisten können. Im Gegenteil! Sein Vater war so reich und berühmt, dass er eine genaue Kopie von sich in die Welt setzen wollte, sozusagen eine *herausragende Einzelanfertigung*. Diese Art der Fortpflanzung hat zwar immer wieder Menschen fasziniert, sich aber im großen Rahmen nicht durchsetzen können, weil ein Klon eben immer nur eine Reproduktion eines alten Modells ist und keine genetischen Verbesserungen, keine Anpassung an neue Schönheitsideale zulässt. Ich habe mal eine Sendung über so produzierte Kinder gesehen, die fast alle erzählten, wie sie darunter litten, dass man sie in der Öffentlichkeit oft für *No names* hält, insbesondere wenn die Berühmtheit ihrer Originale doch nicht so lange andauert, wie die vielleicht geglaubt haben. Im großen Maßstab wird die Klonierungstechnik eigentlich nur für therapeutische Zwecke eingesetzt: für die Herstellung von genidentischen Organen zur Transplantation (die dann in Schweinen heranwachsen) oder die Züchtung von Hautzellen, mit denen nach Verbrennungen eine neue Haut aufgebaut werden kann.
Jean-Paul ist also so ein kloniertes Kind!
Ich würde ihn gern einmal fragen, wie er damit zurechtkommt. Nach dem, was Benjamin gesagt hat, offenbar nicht so gut. Vielleicht ergibt sich noch irgendwann die Gelegenheit, mit ihm darüber zu sprechen. Schon für nächste Woche hat Benjamin ihn wieder eingeladen. Ob sich da sogar so etwas wie eine Freundschaft zwischen den beiden anbahnt? Mich würde das sehr für Benjamin freuen, denn ich finde es traurig, dass er außer zu mir zu niemandem eine engere Bindung hat.

9. März

Ich habe mir nochmal die Aufzeichnungen einiger Konzerte mit Albert Nannère reingeladen. Ich muss schon sagen, eine wirklich beeindruckende Stimme! Aber erst bei einem kurzen Interview mit ihm erkannte ich auch Jean-Pauls Stimme wieder. Offensichtlich besteht doch ein ziemlicher Unterschied zwischen Sprech- und Singstimme. Im Sprechen sind sie sich allerdings enorm ähnlich (singen habe ich Jean-Paul ja noch nicht gehört). Singt er überhaupt? Und wenn ja, bringt er es dann auch zu den erstaunlichen Leistungen seines Vaters? Aber dann wäre er wohl längst in die Fußstapfen seines Vaters getreten und ebenfalls ein gefeierter Tenor geworden und kein Doktorand der Geschichtswissenschaft, oder?

Ich habe mir lange überlegt, ob ich das jetzt Folgende wirklich zu Papier bringen soll. Aber was soll überhaupt ein Tagebuch, wenn man darin unehrlich ist oder Dinge verheimlicht. Ich weiß ja, dass außer mir niemand es jemals lesen wird. Ich verschließe es jedesmal mit dem kleinen goldenen Schloss, aber das ist nur eine symbolische Handlung, die ich ausführe, weil sie mir Spaß macht, und nicht, weil ich glaube, meine Bekenntnisse vor unbefugten Augen sichern zu müssen. Benjamin würde mir niemals hinterher spionieren. Da bin ich mir absolut sicher.

Ich konnte gestern Abend wieder nicht einschlafen. Ich griff zu dem roten Lederband, diesem seltsamen Vermächtnis meines unbekannten Vaters. Je länger ich darin las, desto verwirrter wurde ich. Ich hatte das Gefühl,

als wolle dieses aus ferner Vergangenheit zu mir gelangte Buch mir irgendeine Botschaft übermitteln. Doch ich verstand sie nicht. Immer wenn ich glaubte, einen Zipfel der Bedeutung zu erhaschen, löste sie sich wieder auf, waren es plötzlich nur noch Sätze einer mir fremden Kultur, einer mir fremden Zeit. Zurück blieb eine diffuse Erregung. Ich fing an, mit meinen Händen meinen Körper zu streicheln, dachte, wenn ich mir körperlich Entspannung verschaffen würde, könnte ich danach sicher endlich einschlafen. Doch auf halbem Wege verließ mich die Lust weiterzumachen. Meine einsamen Berührungen kamen mir unendlich trostlos vor.
Ich stand auf und wanderte ziellos in meinem Zimmer umher. Plötzlich kam mir die Idee, in Benjamins Arbeitszimmer ein wenig in seiner Erotika-Sammlung zu stöbern. Bisher hatten mich die Bände nie interessiert; ich verstand nicht, was Benjamin an diesen alten Schmökern so faszinierte. Die *3-D-Softpornos* in der *Station* schienen mir viel geeigneter, um sich in eine sexuell angeregte Stimmung zu versetzen. Wahrscheinlich war es das KAMASUTRA mit seinem vagen Versprechen, es könnte auf diesem Gebiet vielleicht noch mehr geben als das altbekannte Reiz-Reaktionsschema, das auf einmal mein Interesse an den alten Schriften weckte.
Ich ging in Benjamins Zimmer hinüber, ließ meinen Blick über die Regale mit seiner Erotika-Sammlung schweifen, doch dann sah ich, dass eins der Bücher aufgeschlagen auf Benjamins kleinem Lesetisch lag. Es war nur ein schmales Bändchen mit einer Erzählung aus dem neunzehnten Jahrhundert. Der Titel hieß: *Spiegel, verkehrt*. Ich fing an, darin zu blättern, las mich schnell an einer Stelle fest, war eigenartig berührt von der blumigen Sprache, der seltsamen Spannung zwischen vornehmer Diskretion und praller Sinnlichkeit, die der Text

zu erzeugen verstand. Ich nahm das Buch mit zu mir, legte mich wieder ins Bett und las es von Beginn an.

Es handelte von einem alten Mann, der jungen Paaren *in ihrer Fleischeslust* zusah. Er bot *heimlich Liebenden* generös ein *chambre separée* an, in dem sie glaubten, *sich vor aller Welt verbergen zu können.* Doch einem entbargen sie ihr Treiben: dem alten Mann, der sie durch ein als Spiegel getarntes Fenster *voll Lüsternheit* beobachtete. Der Autor verstand es, mich als Leserin zur heimlichen Komplizin dieses alten Mannes zu machen. Ich fieberte mit ihm, ob es ihm gelingen würde, ein bestimmtes Paar in sein *Liebesnest* zu locken, ich schaute mit ihm durch den Voyeur-Spiegel, ich bewunderte mit ihm die erhitzten Körper der Akteure, erregte mich an der Entblößung nackter Haut, erlebte den Liebestaumel der Fremden wie meinen eigenen. Am erregendsten fand ich eine Szene, in der ein junger Mann seine Geliebte direkt vor den Spiegel führt, sie dort langsam entkleidet, hinter ihr stehend seine Hände über ihren nackten Körper gleiten lässt, sich langsam ihrer Mitte nähert, sanft ihre Venuslippen öffnet und andächtig im Spiegel betrachtet, was er freigelegt hat. Die ganze Zeit, während ich dies las, musste ich natürlich daran denken, dass der junge Mann, der glaubte, nur sich selbst das Innere seiner Geliebten zu enthüllen, es in Wirklichkeit dem alten Mann hinter dem Spiegel präsentierte.

Als ich das Buch zuschlug, war aus meiner diffusen Erregung eine übermächtige geworden. Es zog mich magisch zu dem großen Jugendstil-Spiegel, den Benjamin mir geschenkt hat. In meiner Phantasie machte ich meinen Spiegel zu dem Voyeur-Spiegel der Erzählung. Ich zog mich aus und stellte mich davor, ließ meine Hände über meinen Körper gleiten wie der junge Mann seine über den Körper seiner Geliebten, ich eröffnete mir den Anblick

meiner Lippenlandschaft. Zum ersten Mal betrachtete ich diesen mir selbst verborgenen Teil meines Körpers. Zuerst fand ich ihn sehr seltsam, so roh und verworren, doch dann sah ich ihn mit den Augen des alten Mannes hinter dem Spiegel, und er wurde zum Paradiesgarten. Nichts konnte meine Hände mehr aus diesem Paradies vertreiben, bis mir die Sinne schwanden in einer Befriedigung, die sich gleich darauf in eine bodenlose Sehnsucht verwandelte, die mir die Tränen in die Augen trieb. Ich bin froh, dass ich das alles so genau aufgeschrieben habe, obwohl ich immer noch nicht ganz verstehe, was da eigentlich mit mir vorgegangen ist. Ist das nur der viel beschriebene jugendliche Triebüberschuss? Doch damit konnte ich doch bisher ganz locker umgehen. Jetzt fühle ich mich irgendwie aus dem Gleichgewicht gebracht.
Wenn ich ganz ehrlich bin: Etwas habe ich doch verschwiegen. Am Ende war es nicht mehr der alte Mann, dem ich mich vor dem Spiegel zeigte. Ich sah plötzlich in dieses Gesicht mit dem vorspringenden Kinn und den eng stehenden Augen.
So, nun ist auch das raus. Ganz schön anstrengend, solche Beichten. Aber du, liebes Tagebuch, nimmst das alles auf, ohne mich zu beurteilen. Mir hilft das Aufschreiben, meinen eigenen Gefühlen auf die Schliche zu kommen. Warum habe ich ausgerechnet diesen Jean-Paul in meine Phantasie eingebaut? Weil ich das Gesicht – in seiner alten Version – so oft betrachtet habe in den letzten Tagen? Oder steckt mehr dahinter? Ich kenne ihn doch kaum. Aber was er gesagt hat, hat mich beeindruckt. Und ich habe von ihm nicht im Geringsten die Herablassung gespürt, die meine Altersgenossen mir gegenüber an den Tag legen. Im Gegenteil. Ich glaube, ich habe ihm ein bisschen imponiert. Oder? Einbildung?

12. März

Hilfe! Ich fürchte, ich habe mich tatsächlich ein bisschen verliebt!
Als Jean-Paul gestern zu Benjamin kam, habe ich zuerst versucht, keine Notiz von den leisen Stimmen zu nehmen, die aus dem Arbeitszimmer zu mir herüberdrangen. Um fünfzehn Uhr bot ich den beiden Männern eine Tasse Tee an. Als ich Jean-Paul einschenkte, sah er mich an – ich weiß nicht, wie ich es beschreiben soll – offen, freundlich ... nein, vielleicht: aufmerksam, intensiv, auch forschend, aber nicht in dieser abschätzigen Art, die ich gewohnt bin: Was ist denn das bloß für eine? Eher in der Art: Wer ist sie? Ich merke schon, ich kann gar nicht ausdrücken, was ich meine. Jedenfalls verwirrte mich sein Blick ziemlich. Ich schenkte ihm seine Tasse randvoll, sodass er sie mit einer ganz ruhigen Handbewegung zum Mund führen musste, um nichts überschwappen zu lassen.
Er trank einen kleinen Schluck, setzte die Tasse ab und sagte, ohne eine Bemerkung über meine Ungeschicklichkeit zu machen: »Ich habe neulich noch lange über deine Frage nachgedacht, ob wir heute wirklich weniger leiden und glücklicher sind als frühere Generationen. Ich hatte das bisher nie infrage gestellt, sind wir doch im Durchschnitt reicher, gesünder und schöner als die Menschen damals. Doch es ist wohl tatsächlich so, dass sich die Ansprüche noch viel stärker erhöht haben als die Verbesserungsmöglichkeiten.«
»Ja«, unterbrach ich ihn, »und wir schauen nur noch auf das, was wir nicht haben, und empfinden keine

Dankbarkeit für das, was wir haben, seit unser Leben kein Geschenk mehr ist, sondern ein Produkt der Gentechnologie.«

Während Jean-Paul nickte, sah mein Bruder mich verblüfft an. Ich gebe zu, mein Gedankengang verwunderte mich selber. Habe ich denn bisher mein Leben als Geschenk betrachtet? Habe ich mich nicht immer beschwert, kein *Markenprodukt* zu sein? Auf einmal erschien es mir gar nicht mehr zwangsläufig, dass ich deshalb ein unglückliches Leben führen müsste. Konnte meine Außenseiterrolle nicht auch eine Stärke bedeuten? Konnte ich nicht lernen, gefühlsmäßig unabhängig zu werden von den Äußerlichkeiten, die den meisten Menschen die Welt bedeuten? Konnte meine Welt nicht eine andere sein?

Ich weiß noch keine Antworten auf diese Fragen. Aber dass ich sie mir überhaupt stelle, habe ich einzig und allein Jean-Paul zu verdanken, glaube ich. Weniger dem, was er gesagt hat, als einfach seinem aufmerksamen, anerkennenden Blick. So hat mich noch niemand angeschaut.

Als ich wieder in meinem Zimmer saß, waren meine Gedanken noch immer bei ihm in Benjamins Arbeitszimmer. Um mich abzulenken (oder weil ich mich nicht ablenken konnte?), lud ich mir noch einmal den Auftritt Albert Nannères in der *New Met* in New York rein. Sein Gesang war wirklich ein Phänomen, seine Bezeichnung als *Caruso des einundzwanzigsten Jahrhunderts* nicht nur ein von cleveren Werbestrategen und Imageberatern ausgehecktes Etikett. Es war ein Auftritt aus seiner Glanzzeit, als er Mitte dreißig war. Und natürlich kam es mir vor, als schmettere sich dort sein fast ebenso alter Sohn die Kehle aus dem Hals. Die totale äußere Ähnlichkeit frappierte mich, obwohl ich ja wusste, dass

sie nur logisch war, weil Jean-Paul sein Klon, sein nachträglich hergestellter Zwillingsbruder ist. Allgemein ist man ja heute der Ansicht, dass es ein Zeichen von Egoismus und Rückständigkeit ist, sich klonen zu lassen, denn abgesehen von der sich ergebenden verwandtschaftlichen Konfusion und der Belastung, nur als Zweitausgabe eines Originals betrachtet zu werden, bleibt auch keine Möglichkeit zur *Genomverbesserung*. Ein geklontes Kind dürfte oft genauso ein Außenseiter sein, wie ich es bin.
Ist es vielleicht das, was mich an Jean-Paul anzieht? Ist es nicht seltsam, dass ich mir so viele Gedanken um einen zwölf Jahre älteren Mann mache? Aber trotz des Altersunterschieds habe ich das Gefühl, dass wir auf der gleichen Wellenlänge senden; ganz anders als bei meinen Altersgenossen.
Ich war so in Gedanken versunken, dass ich gar nicht das Klopfen an meiner Tür gehört hatte, und erschrak, als das Objekt meiner Überlegungen plötzlich in meinem Zimmer stand.
»Ich wollte mich nur verabschieden«, sagte er, aber das freundliche Lächeln auf seinem Gesicht erstarb, als er Albert Nannère auf meinem Monitor erblickte. Ich klickte schnell den Ton aus. Das Lächeln, das jetzt auf Jean-Pauls Gesicht erschien, war alles andere als freundlich. Zynisch, ja fast verächtlich, sagte er: »Es gibt wohl keinen Ort, wo ich vor dem Herrn sicher bin.«
»Ich dachte ... ich wollte nur ...«, stammelte ich und wusste nicht zu sagen, was ich dachte, was ich wollte.
Aber Jean-Paul winkte ab.
»Ich sehe, du weißt, mit wem du es zu tun hast. Und eigentlich müsste ich mich ja von deinem Interesse geschmeichelt fühlen.«

»Na ja, ich hatte … ich wollte …«
Wieder stotterte ich nur dumm rum und kam mir wie die allerletzte Idiotin vor.
Er reichte mir die Hand.
»Ich werde in den nächsten Tagen wieder vorbeischauen. Nicht nur wegen der Doktorarbeit. Ich glaube, ich habe in deinem Bruder einen wirklichen Freund gefunden.«
»Das würde mich vor allem für Benjamin sehr freuen.«
Endlich hatte ich einen vollständigen Satz herausgebracht!
Als Jean-Paul gegangen war, haderte ich stundenlang mit mir, weil ich mich benommen hatte wie ein albernes Schulmädchen. Na ja, ein Schulmädchen bin ich zwar noch, aber so leicht darf ich mich einfach nicht aus der Fassung bringen lassen!

14. März

Heute Nacht habe ich mich wieder vor den Spiegel gestellt. Ich habe Hände über meinen nackten Körper gleiten sehen, aber es waren nicht meine Hände. Ich habe mich mit Augen betrachtet, die nicht meine waren. Ich habe auf meinen Brüsten einen fremden Atem gespürt. Ich habe eine berühmte Stimme eine Liebesarie singen hören.

16. März

In den letzten Tagen habe ich mir in allen Einzelheiten das Wiedersehen mit Jean-Paul ausgemalt. Ich habe alle meine Klamotten durchprobiert. Am liebsten hätte ich mein figurbetonendes, ärmelloses rotes Kleid angezogen. Darin wirke ich gleich viel erwachsener. Aber es wäre viel zu auffällig gewesen, ich hätte herausgeputzt ausgesehen, und das wollte ich auf jeden Fall vermeiden. Meine Kleidung sollte wie normale Alltagskleidung wirken, aber dennoch die weiblichen Merkmale meines Körpers betonen. Ich entschied mich für einen engen, kurzen Rock und ein weich fließendes, aber ganz schlicht geschnittenes Seiden-Top.
Benjamin erwartete Jean-Paul am Mittwochnachmittag. Ich schwor mir, mich ganz natürlich und souverän zu verhalten, Jean-Paul nach dem Fortgang seiner Recherchen zu befragen, mich interessiert und aufgeschlossen zu zeigen. Alles Weitere würde sich schon von selbst ergeben. Wobei ich, ehrlich gesagt, keine richtige Vorstellung von diesem Weiteren hatte.
Aber es ist alles ganz anders gekommen. Statt des Wiedersehens gab es nur ein Wiederhören und das auch nur einseitig.
Ich habe heute, am Dienstag, einen Spaziergang im Park gemacht. Es ist ein traumhaft schöner Frühlingstag, die Sonne strahlt von einem wolkenlosen Himmel, und es ist schon so warm, dass man ohne Jacke gehen kann. Ich freute mich an den aufbrechenden Narzissen, an den vielen Krokussen und Hyazinthen. Die Zierkirschen waren schon voll erblüht, und ich ging durch

eine rosarot gesäumte Allee. So schön es aussah, bei mir machte sich meine Obstblütenallergie unangenehm bemerkbar. Ich hatte keine Lust auf eine verstopfte Nase und tränende Augen und kehrte um.
Als ich wieder zu Hause war, wollte ich für Benjamin und mich Tee kochen. Ich öffnete das Küchenfenster, um die warme, weiche Frühlingsluft hereinzulassen. Da hörte ich Benjamins Stimme unten auf der Terrasse. Ihn hat es also auch aus dem Arbeitszimmer hinaus in die frische Luft gezogen, dachte ich. Aber mit wem redet er?
Meine Frage beantwortete sich gleich, denn die Stimme, die ich jetzt hörte, war unverwechselbar. Ich blieb wie elektrisiert am Fenster stehen. Wieso war Jean-Paul heute schon gekommen? Ich hörte beide Männer lachen, und ich konnte meine Neugier nicht bezähmen. Ich lauschte. Ich versuche, jetzt hier möglichst wörtlich wiederzugeben, was die beiden sagten:

Benjamin: Du hast Recht. Eigentlich ödet mich der Sex mit den aalglatten, frisch geduschten *Markenfrauenkörpern* nach dem immer gleichen Ritus auch nur noch an. Manchmal frage ich mich, warum ich überhaupt noch in die *Stätten* gehe.

Jean-Paul: Ich hab da sowieso schlechte Karten. Wann ist da schon mal eine, die keinen *Markenmann* will? Da müsste ich schon in die *No-name-Stätten* gehen. Aber in den berüchtigten Schmuddel-Puffs bin ich noch nie gewesen. Da funktioniert doch keine staatliche Kontrolle. Die sind fest in den Händen der organisierten Kriminalität. Nein danke, noch ist mir mein Leben lieb.

Benjamin: Ich hole mir meine Anregungen fast nur noch aus meiner Sammlung erotischer Bücher. Du glaubst gar nicht, was für eine spannende, kitzlige Sache die alten Autoren aus einer so profanen Angelegenheit machen konnten. Die schaffen es tatsächlich, meine Phantasie so in Schwung zu bringen und meine Erregung so anzuheizen, dass es mich sogar in unsere stinklangweiligen *Stätten* treibt und ich dort die Realität halbwegs ausblenden kann. Ich kann mir einbilden, diese Frau, die ich dort im *Erfüllungsraum* treffe, sei eine untreue Marquise, die mir an einem streng geheimen Ort ihre Gunst schenkt ...

Jean-Paul: Schaust du dir auch alte Fotos an?

Benjamin: Mit Vergnügen. Obwohl die Frauen dort für unser heutiges ästhetisches Empfinden ausgesprochen hässlich sind: zu klein, zu dick, zu dünn, zu lange Nase, zu große Ohren, zu schmale Lippen, zu volle Lippen, zu birnenförmige Brüste ... na, all das, was die meisten Männer abstößt. Mich zieht es an.

Jean-Paul: Mich auch. Zeigst du mir mal deine Sammlung?

Benjamin: Gern. Noch einen Whisky?

Jean-Paul: Schenk ein! Ich habe zu Hause ein uraltes Video von ... na ja, ...

Benjamin: Na los, sag schon! Mir ist keine Perversität fremd.

Jean-Paul: Na, eben ... von einer behaarten Frau.

Benjamin: ... behaart? Am Körper?

Jean-Paul: Ja. Unter den Achseln, an den Beinen ... und sogar ... na, du weißt schon. Überall da, wo unsere Gentechnologen den Haarwuchs erfolgreich weggezüchtet haben.

Benjamin: Darf ich das Video mal sehen?

Jean-Paul: Klar. Ich geb dir den Code, dann kannst du's dir rüberladen. Aber jetzt muss ich mich wirklich wieder an die Arbeit machen.

Benjamin: Übertreib's nicht! Es gibt auch noch etwas anderes im Leben als die Arbeit.

Jean-Paul: Und das sagt mir mein verehrter Doktorvater! Aber, im Ernst ... ich bin da auf zwei interessante Quellen gestoßen, zwei Gerichtsurteile von 1992 und 1997 gegenüber *Mindernormen*, damals noch *Behinderte* genannt. Ich werde dir das morgen genau darlegen. Ich denke, ich kann sie gut als Beleg für das langsame Umkippen in der Haltung der Gesellschaft gegenüber *Mindernormen* heranziehen – weg von der Integration, hin zur Ausgrenzung, und dann in unserem Jahrhundert zur Ausmerzung durch die *Genselektion*. Weg von Freiheit, Gleichheit, Brüderlichkeit ...

Benjamin: ... hin zu Standardisierung, Ästhetisierung, Optimierung!

Jean-Paul: Ja, die glorreichen Ziele der *genetischen Revolution* haben die verstaubten der Französischen in Vergessenheit geraten lassen. Zu Unrecht, vielleicht. Und dann ist da natürlich noch die Frage des Glücks, dem das alles angeblich dienen soll. Ich habe noch lange über das nachgedacht, was deine Schwester neulich dazu gesagt hat. Ist sie übrigens da?

Benjamin: Nein, sie macht einen Spaziergang.

Jean-Paul: Schade. Sie ist nett, nur ... ein bisschen schüchtern, hm?

Benjamin: Kein Wunder bei ihrer Situation. Du weißt doch, wie diese arroganten Knalltüten in unseren Kreisen auf jemanden ohne *Markenlabel* herabschauen! Sie frisst das ziemlich in sich rein, zieht sich zurück, zweifelt an sich selbst ...

Jean-Paul: Das sollte sie aber nicht. Mir ist es ja ähnlich ergangen. Aber bei mir hat es nur meinen Kampfgeist geweckt: wartet nur ab, ihr Arschlöcher, Pardon, ich werde es euch schon zeigen!

Benjamin: Es wäre schön, wenn du Simone von diesem Kampfgeist ein bisschen abgeben könntest.

Jean-Paul: Nur zu gern. Aber jetzt muss ich wirklich gehen. Wir sehen uns ja morgen schon wieder.

Ich entfernte mich vom Fenster. Die Teemaschine hatte schon lange aufgehört zu blubbern. Ich schaute in den goldbraunen Sud und versuchte, die auf mich einstürmenden Gefühle zu entwirren. Aber als Benjamin schließlich in die Küche kam, waren sie noch genauso verworren wie zuvor.

»Du bist schon zurück?«, fragte er erstaunt.

Ich nickte nur und trug die Teekanne nach unten auf die Terrasse. Benjamin räumte zwei Whiskygläser beiseite und erklärte: »Jean-Paul war da. Er ist gerade gegangen. Er hat es bedauert, dass du nicht da warst.«

»Aha.«

Ich goss uns Tee ein und schwieg. Mein Bruder sah mich nachdenklich an.

»Er findet dich sehr nett.«

Sehr hat er nicht gesagt, dachte ich und antwortete trotzig: »Bin ich ja auch.«

Benjamin lachte. Er mag es, wenn ich schlagfertig reagiere. Bei ihm fällt es mir auch nicht schwer.

»Vollkommen richtig. Und du? Wie findest du Jean-Paul?«

»Ganz schön alt.«

»Alt? Na ja, aus deiner Perspektive! Ich finde, er ist ein aufgeweckter, sehr eigenständig denkender junger Mann.«

Ich musste innerlich lachen, denn ich durchschaute ja Benjamins Absicht, mir den Kontakt mit Jean-Paul nahe zu legen, um mein Selbstbewusstsein zu stärken. Benjamin meint es immer gut mit mir. Aber manchmal geht mir seine Fürsorge auch auf den Geist. Ich bin kein kleines Mädchen mehr, und ich weiß selbst, was für mich gut ist.

»Du willst mich wohl verkuppeln!«, provozierte ich ihn.

Er sah mich so entsetzt an, dass ich jetzt laut lachen musste.

»Wie kommst du nur auf so was! Was du von mir denkst!«, verteidigte er sich, als hätte ich ihm einen ernsthaften Vorwurf gemacht.

Jetzt bin ich wieder in meinem Zimmer und habe dies alles erst mal aufgeschrieben in der Hoffnung, mir dabei über einiges klarer zu werden. Seltsamerweise kehren meine Gedanken immer wieder zu Jean-Pauls Begeisterung für behaarte Frauen zurück. Bisher habe ich es stets als Manko empfunden, nicht am ganzen Körper glatt zu sein wie die *Markenfrauen*. Doch es gibt offenbar Männer, die das ganz anders empfinden. Aber ist das nicht wirklich ziemlich pervers? Es soll ja sogar *Markenmänner* geben, die es in die *No-name-Stätten* zieht, weil sie auf so richtig *ungestaltete* Frauen abfahren mit Riesenbrüsten oder Birnenpos und was die Natur sonst noch an Abscheulichkeiten produziert. Liegt Jean-Pauls Faible nicht ganz auf der Linie? Ich glaube, ich könnte mich nie einem Mann unrasiert zeigen, selbst wenn er es wollte. Ich würde mich zu Tode schämen.

17. März

Es ist gleich Mitternacht. Benjamin hat mir schon vor einer Stunde Gute Nacht gesagt. Aber bevor ich ins Bett gehe, will ich erst einmal aufschreiben, wie dieser Tag verlaufen ist.

Schon gegen zehn Uhr morgens kam Benjamin von einer *Live-Konferenz* an der Universität zurück. Ich brauchte ihn nur kurz anzusehen, um zu erkennen, dass ihn mal wieder seine anfallsartig auftretenden Kopfschmerzen plagten. Alle ein bis zwei Monate hat er unter diesen heftigen Kopfschmerzen zu leiden, eine Nebenwirkung der Ausschaltung einer Gensequenz, die für eine erhöhte Anfälligkeit gegenüber Herpes-Infektionen verantwortlich gemacht wurde. Als sein Genom *designed* wurde, wusste man noch nicht, dass die *Non-Herpes-Manipulation* später regelmäßig wiederkehrende Kopfschmerzen auslösen würde – wie man überhaupt erst durch die unvorhergesehenen Folgen der Manipulationen auf vorher unbekannte Koppelungen in den Genen aufmerksam wurde. So wie in der Anfangszeit der Entdeckung der Röntgenstrahlen die Mediziner im Rausch der neuen Möglichkeiten alles unter den Röntgenschirm legten, dessen Inneres sie gerne sehen wollten, ohne von der Krebs erregenden Wirkung der Strahlen etwas zu ahnen, so dokterten die *Reprogenetiker* an allen erdenklichen Gensequenzen herum, ohne darüber nachzudenken, dass ihre gut gemeinten Verbesserungen manchmal auch ungewollte verheerende Wirkungen zeitigen könnten. Die bekanntesten Opfer dieses Übereifers sind die *Non-AIDS-Kinder*, deren

T-Zellen-Produktion man genetisch verdoppelt hatte, damit sie eindringende AIDS-Viren sofort eliminieren können. Dieser vermeintliche Königsweg entpuppte sich als Desaster, denn die Babys entwickelten eine bis dahin unbekannte Auto-Immunkrankheit, der sie innerhalb weniger Monate erlagen.

Natürlich hat man aus diesen Fehlern gelernt. Heute geht man beim erstmaligen Verändern von Gensequenzen viel vorsichtiger vor. Es werden nur wenige Prototypen erzeugt und deren Entwicklung genauestens verfolgt und dokumentiert, bevor man in die Serienproduktion einsteigt. In der Regel stellen *No name*-Eltern ihre Embryos zur Verfügung, die dann als Gegenleistung ein *Markenkind* bekommen, das sie sich sonst nie hätten leisten können. Diese Kinder dürften sich allerdings in der Umgebung, in der sie aufwachsen, ebenso fehl am Platze fühlen, wie ich mich in meiner. Man hört auch nur selten, dass es einem von ihnen gelingt, in die besser gestellten Kreise aufzurücken, obwohl sie doch genetisch alle Voraussetzungen dazu besitzen.

Die Kopfschmerzattacken sind, Gott sei Dank, die einzige Schädigung, unter der Benjamin zu leiden hat, und sie treten ja auch nur in größeren Abständen auf. Aber wenn es ihn dann erwischt, sind sie so stark, dass er sich nur in einen dunklen und ruhigen Raum zurückziehen kann und *abwettern* muss, wie er es nennt. Schmerzmittel helfen ihm wenig. Nur Ruhe und Dunkelheit.

»Ich habe es schon kurz nach dem Beginn der Konferenz gemerkt«, erklärte er mir. »Aber zuerst dachte ich noch, es ist nur ein Spannungskopfschmerz wegen des Wetterumschwungs. Ich dachte auch, es würde noch niemand bemerken, bis mich in einer kurzen Pause ein Kollege ansprach und mir flüsternd mitteilte: ›Sie sehen leidend aus!‹

Du kannst dir vorstellen, wie peinlich mir das war. Ich weiß ja, wie ungehörig es ist, anderen Menschen einen leidenden Anblick zu bieten. Ich entschuldigte mich sofort und verließ die Konferenz. Schon auf dem Weg nach Hause setzten dann die Attacken in gewohnter Härte ein, und jetzt will ich nichts weiter, als mich ins Mauseloch zu verkriechen.«

Benjamin zog sich also in sein *Mauseloch* zurück, das Zimmer, das er extra für diese Fälle eingerichtet hat: extrem geräuschisoliert und hundertprozentig abzudunkeln sowie mit stetiger Sauerstoffzufuhr. Ich wusste, dass ich weiter nichts für ihn tun konnte, als ihn in Ruhe zu lassen.

Um vierzehn Uhr kam Jean-Paul zu seinem Arbeitsgespräch mit Benjamin. Ich sagte ihm, dass Benjamin krank sei und heute nicht arbeiten könne.

»Krank? Doch hoffentlich nichts Ernsthaftes?«, fragte er besorgt.

Ich beruhigte ihn, erklärte ihm Benjamins Kopfschmerzattacken und versicherte, dass sie spätestens morgen wieder abgeklungen seien.

»Armer Bennie, dann will ich ihn heute nicht weiter stören. Richte ihm bitte meine Grüße aus!«, sagte er und wollte wieder gehen.

»Ich bin gerade dabei, einen kleinen Früchtedrink zu mixen. Darf ich dir auch einen anbieten?«, fragte ich ihn schnell. Wenn ich jetzt darüber nachdenke, weiß ich gar nicht, woher ich den Mut zu dieser Frage nahm. Es kam ganz spontan.

Er nahm mein Angebot ohne zu zögern an. Ich schickte ihn auf die Terrasse und ließ den Mixer in der Küche zwei Hawaii-Drinks komponieren.

Als ich Jean-Paul sein Glas auf den Tisch stellte, lächelte er mich fragend an: »Mit oder ohne?«

»Alkohol? Ohne.«
Er trank einen Schluck.
»Erfrischend!«, sagte er, doch sein Kommentar klang so wenig begeistert, dass ich schnell ins Wohnzimmer lief und eine Flasche Orangenlikör aus der Bar holte.
»Ah, das ist das fehlende I-Tüpfelchen!«, strahlte Jean-Paul und goss in unsere beiden Gläser einen kräftigen Schuss.
Ich muss zugeben, dass es mir auch ausgezeichnet schmeckte. Ich merkte allerdings gleich, wie mir der ungewohnte Alkohol zu Kopf stieg.
Worüber soll ich nur mit Jean-Paul reden?, dachte ich plötzlich. Ich kenne ihn ja kaum. Um gar nicht erst eine Verlegenheitspause aufkommen zu lassen, fragte ich ihn nach seiner Arbeit.
Er zeigte auf seine Aktentasche.
»Ich habe mir zwei interessante Dokumente ausdrucken lassen, über die ich mit Benjamin heute eigentlich sprechen wollte, zwei Gerichtsurteile aus den Jahren 1992 und 1997. Im Ersten spricht ein Gericht einem Ehepaar Schadensersatzansprüche gegen einen Reiseveranstalter zu, weil in dem Hotel, das für sie gebucht war, auch eine Behindertengruppe übernachtete und … Moment …«
Er holte einige Papiere aus der Tasche, blätterte darin und fuhr fort: »… hier … ich zitiere wörtlich: ›Die Urlaubsfreude der Kläger wurde durch den unästhetischen Anblick der teilweise stark entstellten Behinderten nicht unerheblich getrübt.‹ Und das zweite Urteil …«
Wieder blätterte er, bis er die gesuchte Stelle fand.
»Hier geht es um einen Musiker, der sich durch die unartikulierten Sprechgeräusche, die seine geistig behinderten Nachbarn in ihrem Garten machten, in seiner *künstlerischen Inspiration* gestört fühlte. Ich zitiere wie-

der wörtlich aus der Urteilsfindung: ›Dabei geht es weniger um die Lautstärke, als vielmehr um die für ein normales Empfinden unästhetischen Laute, die eine besonders schwere psychische Belastung darstellen.‹ Den Behinderten wurde per Gerichtsurteil die Nutzung ihres Gartens nur zu festgelegten Zeiten am Nachmittag gestattet.«

Jean-Paul sah mich triumphierend an, aber ich verstand nicht ganz, warum er diese Dokumente so wichtig fand. Er muss es meinem Gesicht angesehen haben, denn er erklärte gleich darauf: »Das sind zwei ganz klare Belege für die Umkehr in der Haltung gegenüber Behinderten gegen Ende des zwanzigsten Jahrhunderts – weg von der Integration, hin zur Ausgrenzung. Und in beiden Urteilen taucht das Wort *unästhetisch* auf, hast du's bemerkt? Du denkst vielleicht, das ist vollkommen normal; jeder bezeichnet heute den Anblick behinderter oder leidender Menschen als *unästhetisch*. Aber das war eben durchaus nicht immer so! Es gab Zeiten, wo die öffentlichen Verkehrsmittel sogar so umgestaltet wurden, dass Rollstuhlfahrer und selbst Blinde sie benutzen konnten!«

Ich verzog das Gesicht. Ich fand die Vorstellung ziemlich abscheulich. Wie kann man Gebrechlichkeit in aller Öffentlichkeit zur Schau stellen? Gott sei Dank gibt es heute die *Horte für Markenmenschen*, die durch einen Unfall oder eine Krankheit so missgestaltet sind, dass sie der menschlichen Gemeinschaft nicht mehr zugemutet werden können. Die *No names*, die sie *horten*, werden außerordentlich gut bezahlt. Denn selbst für einen *No name* ist das keine angenehme Arbeit. Aber es sind ja auch nur die wenigen extremen Fälle, denen selbst mit den modernsten Mitteln der Medizin nicht mehr zu helfen ist.

»Heute gibt es unter *Markenmenschen* eben kaum noch

Behinderte«, gab ich Jean-Paul zu bedenken. »99,7 Prozent kommen gesund zur Welt, und was spätere Krankheiten oder Unfälle angeht, dafür gibt es die hochentwickelte *Rekonstitutionsmedizin.*«

»Sicher. Dafür hat sich die Klonierungstechnik ja auch als wahrer Segen erwiesen. Man kann von jedem Menschen, der es braucht und bezahlen kann, aus einer ganz normalen Körperzelle einen Klon herstellen und durch gezielte Impulse nur diejenigen seiner Zellen heranreifen lassen, die man für die jeweilige Restitution braucht: Nervenzellen, um Querschnittslähmungen zu überbrücken, oder Hautzellen, um zerstörte Haut zu ersetzen, zum Beispiel.«

»Aber für die Fortpflanzung findest du das Klonen nicht geeignet?«

Jean-Paul verzog das Gesicht, und mir wurde klar, dass ich mitten ins Fettnäpfchen getreten war. Er wich meiner Frage auch sofort aus.

»Das führt uns völlig vom Thema ab. Darum geht es hier überhaupt nicht. Die Medizin hat in den letzten Jahrzehnten gewaltige Fortschritte gemacht und ermöglicht fast allen Menschen ein langes, gesundes und ästhetisches Leben ...«

»Fast allen *Markenmenschen.*«

»Ja, richtig. Gut, dass du darauf hinweist. Selbst ich vergesse oft, dass die *No names* die eigentlichen Verlierer dieser Entwicklung sind. Im zwanzigsten Jahrhundert – da gab es zwar noch keine *No names*, aber Arme und Reiche gab es natürlich wie zu allen Zeiten –, da wurde sogar einem völlig mittellosen Menschen ein Herz transplantiert – bezahlt von einer gesetzlichen Krankenkasse.«

»Unglaublich!«

»Doch, es stimmt. Ich habe genügend Quellen studiert,

aus denen das hervorgeht. Also insofern ist die medizinische Versorgung der *No names* heute schlechter als die armer Menschen früher. Die *gesetzliche Standard-Versicherung* bezahlt ja ausschließlich konservative Minimal-Therapien. Und welcher *No name* kann sich schon eine Privatversicherung leisten? Die verschlingt ja selbst bei gut verdienenden *Markenmenschen* fast die Hälfte des Einkommens.«

Ich musste an Benjamin denken, der jedesmal stöhnt, wenn er seine Belege über die monatlichen Zahlungen an die *Private Gesundheitsversicherung* studiert. Aber was soll man machen? Man kann doch nicht das Risiko eingehen, sich eines Tages eine teure Restitutionsbehandlung nicht leisten zu können und womöglich in einen der *Horte für Unästhetische* abgeschoben zu werden! Am meisten ärgert sich Benjamin aber darüber, dass die Mediziner fast alles können, nur nicht etwas so Banales wie seine Kopfschmerzattacken heilen.

Ich sah, dass Jean-Paul den letzten Schluck aus seinem Glas trank, und bot ihm noch einen Drink an.

»Da kann ich nicht widerstehen. Er schmeckt einfach zu gut.«

Während ich in die Küche ging, fühlte ich mich … ich weiß nicht, wie ich es ausdrücken soll … vielleicht: angeregt … ja, richtig angeregt fühlte ich mich, und das kam sicher nicht nur vom Orangenlikör. Ich kann mich nicht erinnern, jemals mit einem anderen Menschen, außer Benjamin, ein so langes und ernsthaftes Gespräch geführt zu haben. Jean-Paul sprach mit mir wie mit einer ihm ebenbürtigen Erwachsenen. Und so fühlte ich mich in dem Moment auch.

Als ich mit den beiden Drinks zu ihm zurückkehrte, lächelte er mich an und betrachtete mich mit einem so aufmerksamen Blick, dass ich ganz verlegen wurde.

Nachdem wir einige Schlucke getrunken hatten, nahm er den Gesprächsfaden wieder auf.
»Wir haben uns ziemlich weit von unserem Ursprungsthema wegbewegt, aber vielleicht war das auch ganz gut. Wahrscheinlich kannst du jetzt besser verstehen, warum mir diese beiden Gerichtsurteile so wichtig sind. Ich will zwei Entwicklungen seit dem Ende des zwanzigsten Jahrhunderts darstellen und ihre Wechselwirkungen aufzeigen. Zum einen, dass man immer effektiver die Entstehung von Abweichungen vom *Normalmenschen* verhindern konnte, und zum anderen, dass man mit den dennoch auftretenden Abweichungen zunehmend schlechter umzugehen wusste. Und heute wird schon etwas als Abweichung empfunden, was früher niemand als solche auch nur wahrgenommen hätte.«
»Zu geringe Körpergröße, zum Beispiel«, warf ich rasch ein, obwohl ich sonst tunlichst jede Anspielung vermied, die die Aufmerksamkeit auf eine meiner *Abweichungen* lenken konnte. Aber bei Jean-Paul war ich mir inzwischen sicher, dass er nicht mit Verachtung die mir fehlenden Zentimeter zur Standardgröße für Frauen wahrnahm, und ich täuschte mich nicht.
Seine Stimme klang fast zärtlich, als er sagte: »Die meisten Männer haben einfach keine Ahnung, wie reizvoll eine kleine, zierliche Frau sein kann.«
Ich errötete heftig, und ich fürchte, es ist ihm nicht entgangen. Ich nahm schnell noch einen Schluck von dem Hawaii-Drink. Mir ging auf einmal wieder das Gespräch zwischen Benjamin und Jean-Paul durch den Kopf, das ich belauscht hatte. Jean-Pauls Vorlieben in Bezug auf Frauen wichen ganz offensichtlich ziemlich vom gewohnten Schönheitsideal ab. Das verwirrte mich. Ich bin es so gewohnt, in den Blicken von Männern das Wort *Mängelexemplar* zu lesen, dass ich mir

kaum vorstellen kann, dass jemand es anders empfindet. Sicher ist das nur möglich, weil er selbst ja auch nicht dem Standard eines *Markenmannes* entspricht, überlegte ich. Aber andererseits – auch die *No name*-Männer himmeln die für sie in der Regel unerreichbaren *Markenfrauen* an, die ja auch immer und überall, in der Kunst ebenso wie in der Werbung, als das Schönste, Beste und Begehrenswerteste gepriesen werden. Und habe ich für mich selbst dieses Urteil nicht auch übernommen? Ich empfinde mich doch auch als hässlich und mangelhaft. Es war schon seltsam, dieses Gefühl: Da sieht dich plötzlich jemand mit ganz anderen Augen!

Ich habe an dieser Stelle erst mal aufgehört zu schreiben. Es gibt auch nicht viel mehr zu berichten. Nachdem Jean-Paul seinen Drink ausgetrunken hatte, verabschiedete er sich und ließ mich einigermaßen verwirrt zurück. Und eben, als ich schrieb, wie seltsam es sei, mit ganz anderen Augen betrachtet zu werden, überkam mich plötzlich wieder der unwiderstehliche Drang, mich vor den Spiegel zu stellen. Mich nackt vor den Spiegel zu stellen und mich mit anderen Augen zu betrachten. Ich drehte mich langsam um mich selbst und die Augen ruhten mit Wohlgefallen und Lust auf jedem Quadratzentimeter meines Körpers. Nichts war falsch und abstoßend an mir in diesen Augen, sie verglichen mich nicht mit *Markenstandards*, sondern erfreuten sich an meiner Einmaligkeit, an meiner individuellen Komposition. Sie ließen sehnsuchtsvolle Blicke über alle Regionen gleiten, hefteten sich an die begehrten, drangen ein in unbekannte Zonen.
Ich hörte ein leises Aufstöhnen und erschrak. Woher kam dieses Geräusch? Es musste aus meinen verborgensten Winkeln aufgestiegen sein, ohne dass ich selbst

es bemerkt hatte. Plötzlich sah ich mein Spiegelbild mit ernüchterten Augen: eine dumme, eingebildete Pute in einem hässlichen, unkultivierten Körper; roher Wildwuchs, von keines Menschen Hand veredelt.
Ich zog mich schnell wieder an; fühlte mich beschämt und gedemütigt. Wie sollte mich jemals ein Mann lieben und begehren, wenn ich mich selbst verabscheute?
Obwohl ich sonst kaum Alkohol trinke, kam mir der Orangenlikör in den Sinn. Hatte ich mich nicht sonderbar leicht gefühlt, als er durch meine Adern gekreist war? Dieses Gefühl wollte ich mir zurückholen.
Ich verließ mein Zimmer und prallte fast gegen Benjamin, der aus seinem Arbeitszimmer kam. Er war hochrot im Gesicht und hörte sich ein wenig atemlos an, als er, noch bevor ich ihn fragen konnte, erklärte: »Mir geht es schon wieder besser. Ich wollte noch eine Kleinigkeit durcharbeiten, aber jetzt wird's wirklich Zeit zum Schlafengehen – du müsstest doch auch schon längst schlafen.«
»Ich hab noch Durst gekriegt«, antwortete ich, ohne zu sagen, wonach. Benjamin hätte sicher überhaupt kein Verständnis dafür gehabt, dass es seine kleine Schwester mitten in der Nacht nach Orangenlikör gelüstete. Also standen wir schließlich beide in der Küche und tranken ein Glas Quellwasser.
So, jetzt habe ich mir aber wirklich alles von der Seele geschrieben für den heutigen Tag. Ich denke wieder an dich, Mama. Fandest du es auch so schwierig, eine junge Frau zu sein? Und könntest du mir jetzt helfen? Aber nein, der Gedanke ist zu albern. Mit Sicherheit würde ich dir nichts von alledem erzählen, was ich dir hier schreibe. Welche heranwachsende Tochter berichtet ausgerechnet ihrer Mutter von ihren Schwierigkeiten? Aber einer toten Mutter braucht sie nichts zu verheimlichen.

18. März

Was für ein öder Tag! Jean-Paul war wieder da, aber er verschwand gleich mit Benjamin in seinem Arbeitszimmer, wo die beiden bis zum späten Abend zusammenhockten. Und dann gingen sie zusammen weg. In die *Stätten*? Wie auch immer: Was für ein öder Tag!

22. *März*

Ich habe ein paar Tage lang nichts geschrieben, weil einfach nichts Berichtenswertes passiert ist. Jean-Paul und Benjamin waren fast jeden Tag zusammen, während ich sie nur kurz zu Gesicht bekam.

Aber heute war es endlich anders! Wie jeden Donnerstag ist Benjamin am Nachmittag ins Gesundheitszentrum gegangen, um seine *Vitalparameter* checken zu lassen, sein Fitnesstraining zu machen und anschließend in der Sauna seine Verschlackungen auszuschwitzen.

Ich war gerade dabei, mir eine Tasse Tee zu kochen, um mich danach an die *Station* zu setzen und meine Lektion in Molekularbiologie durchzuarbeiten, als es klingelte. Ich wunderte mich, als ich die Tür öffnete und Jean-Paul auf der Eingangstreppe stand, und fragte ihn: »Hat Benjamin dir nicht gesagt, dass heute sein Gesundheitstag ist?«

Jean-Paul lächelte verschwörerisch.

»Das weiß ich sehr wohl. Aber ich dachte, vielleicht bekomme ich noch einmal von der Dame des Hauses einen wohlschmeckenden Drink serviert?«

Dame des Hauses! Was für ein verschrobener Ausdruck! Aber er wollte tatsächlich zu mir und nicht zu Benjamin!

Ich bat ihn herein und beauftragte statt der Teemaschine den Drinkmixer. Obwohl der Mixer ein schier unerschöpfliches Angebot an Drinks zur Verfügung stellt, für die er sich die Zutaten selbst aus dem allgemeinen Flüssigkeitenreservoir abzapft, bestand Jean-Paul wieder auf einem Hawaii-Drink *mit Schuss*.

So saßen wir kurz darauf auf der Terrasse und prosteten uns zu. Ich war ziemlich aufgeregt, denn ich sagte mir, dass Jean-Paul wohl kaum gekommen war, nur um mit mir einen Drink zu sich zu nehmen. Aber er plauderte von diesem und jenem; seine warme Stimme und seine lockere Art (und vielleicht auch der Orangenlikör in meinen Adern) bewirkten, dass ich mich zunehmend entspannte und unser Gespräch einfach genoss.

Irgendwann – wir sprachen über die Schule – fragte er mich, wie denn meine Klassenkameraden auf eine *No name* in ihrer Mitte reagieren würden.

»Unterschiedlich. Es gibt welche, die ihre Verachtung kaum verhehlen, zum Beispiel Marita, eine *Dike*. Für die ist es wohl ziemlich unerträglich, dass ich in fast allen Fächern besser dastehe als sie mit ihrer optimierten *Dike*-Intelligenz. Dann gibt es diejenigen, die mitleidig auf mich herabschauen, und diejenigen, die sich für ausgesprochen liberal halten und immer wieder betonen, dass es laut Verfassung keine Diskriminierung wegen unterschiedlicher genetischer Ausstattung geben dürfe. Aber wenn ich sie frage, warum denn in der Realität die *No names* nur am Rande der Gesellschaft existieren, in den billigsten Wohnungen, mit den schlechtbezahltesten Jobs und einer minimalen Ausbildung und Gesundheitsfürsorge, schieben sie das auf deren mangelnde Fähigkeiten, zeigen auf mich und sagen: ›Du bist das beste Gegenbeispiel; da sieht man doch, dass es auch anders möglich ist.‹«

»Du dienst ihnen quasi als Alibi-*No name*.«

»Genau! Aber frag sie mal, ob sie selbst sich denn einen *No name* als Partner vorstellen könnten, dann folgt nur ein gedehntes ›theoretisch schon‹. Bei der Theorie bleibt es allerdings, darauf verwette ich meinen Kopf.«

Jean-Paul lachte laut und ergänzte: »Im letzten Jahr lag

die Anzahl *eingetragener Partnerschaften* zwischen *Markenmenschen* und *No names* unter 0,7 Prozent.«
Er machte eine Pause und sah mich nachdenklich an, bevor er fragte:
»Du lässt dich aber doch hoffentlich nicht von deiner schwierigen Situation unterkriegen, oder?«
Ich wurde misstrauisch. Hatte Benjamin in seiner ewigen Besorgnis um mein Wohlergehen Jean-Paul auf mich angesetzt, um mir Mut zuzusprechen, mich psychisch aufzubauen?
»Nicht im Geringsten«, behauptete ich trotzig und ging zum Gegenangriff über:
»Und du? Du bist doch im Prinzip in keiner sehr viel anderen Situation. Außer natürlich, dass fast alle Menschen deinen Vater kennen und so wissen, dass du nicht irgendein *No name* bist, sondern der Klon eines *Erfolgsmodells*.«
»Ein Erfolgsmodell, das hast du schön gesagt. In der Tat gehört Albert Nannère zu den sogenannten *Glückswürfen* der Natur, über die sich die *Reprogenetiker* so furchtbar ärgern. Was die kreativen und künstlerischen Fähigkeiten angeht, so lassen die sich offenbar doch nicht so einfach in bestimmten *Gensequenzen* dingfest machen. Und oft sind herausragende Künstler auch nicht gerade das, was man *stabile Persönlichkeiten* nennt. Bei ihren Bemühungen, möglichst jede Form psychischer Labilität auszuschalten, schalten die *Reprogenetiker* auch oft die Entwicklungsmöglichkeiten außergewöhnlicher Fähigkeiten aus. Wie dem auch immer sei, Albert Nannère wird nicht zu Unrecht als Jahrhundertsänger bezeichnet. Er war ein Ausnahmekünstler – und ein zwischen Depressionen und Größenwahn aufgeriebener Mensch.«
»Warum sagst du immer ›Albert Nannère‹ und nicht ›mein Vater‹?«

»Weil er nicht mein Vater ist, obwohl er sich natürlich bei meiner Geburt als Vater hat eintragen lassen. Bei Klonen muss ja gesetzlich festgelegt werden, welche Funktion sie in Bezug auf ihr Original einnehmen sollen, schon allein um späteren Erbstreitigkeiten aus dem Weg zu gehen. Klone von Minderjährigen werden meist als Geschwister registriert, Klone von Erwachsenen als Kinder. Als ich älter wurde und mich mit meiner Herkunft beschäftigt habe, ist mir klar geworden, um was für eine Augenwischerei es sich dabei handelt. Ich lege Wert darauf, die Dinge beim richtigen Namen zu nennen. Albert Nannère ist genetisch mein Zwillingsbruder, seine Eltern sind auch meine Eltern, meine so genannte Großmutter ist tatsächlich meine Mutter, während meine so genannte Mutter mit mir überhaupt nicht verwandt, sondern nur die eingetragene Partnerin meines Zwillingsbruders ist.«
»Puh! Ganz schön kompliziert!«
»In der Tat. Was diese verwandtschaftliche Konfusion für einen so produzierten Menschen bedeutet, darüber macht sich kaum einer Gedanken.«
»Belastet dich das auch heute noch?«
»Ich habe vor Jahren einen radikalen Schnitt gemacht und mich vollkommen von meiner Abstammungsfamilie losgesagt. Aber dahinter stecken viele Gründe, das ist eine lange Geschichte ...«
Ich sah seinem Gesicht an, dass er eigentlich nicht weitererzählen wollte, aber ich war zu neugierig und drängte ihn so lange, bis er nachgab.
»Na gut, vielleicht verstehst du dann besser, dass ich für Albert Nannère nicht die Gefühle eines Sohnes für seinen Vater empfinde, ja, das Wort Vater im Zusammenhang mit ihm niemals über meine Lippen schlüpfen wird. Ich war nur dazu bestimmt, ein Spiegel für ihn zu

sein. Er hing dem Irrglauben an, sich in einem Klon quasi verdoppeln zu können. Er liebte es, mich mit dem Satz ›Na, du Fleisch von meinem Fleische!‹ anzureden. Er sagte mir immer wieder voller Stolz, dass ich ein so berühmter Sänger wie er werden würde; ich würde seine Glanzleistungen fortsetzen, ihn vielleicht sogar überbieten. Schon im Kleinkindalter bekam ich Gesangsunterricht. Ich hab auch munter drauflos geträllert – bis mich eine Kehlkopfentzündung erwischte. Die heilte nicht richtig aus, weil Albert Nannère mich viel zu früh drängte, die Gesangsübungen wieder aufzunehmen, das Ganze wurde chronisch; immer, wenn es gerade wieder besser wurde, sollte ich singen, singen, singen, um die verlorene Zeit aufzuholen. Prompt kam der nächste Rückfall. Schließlich hasste ich das Singen wie die Pest. Und Albert Nannère hasste mich, weil ich seine Erwartungen in keiner Weise erfüllen konnte. Ich war eine komplette Fehlinvestition in seinen Augen. Er verlor jegliches Interesse an mir und überließ mich ständig wechselnden Erziehern.«

Jean-Paul starrte in sein leeres Glas, als wäre darin seine Vergangenheit aufbewahrt. Obwohl er sich nicht weiter äußerte, empfand ich seinen Schmerz nach, als hätte ich ihn selbst erlebt. Wie bitter und zerstörerisch muss es für ein Kind sein, die Erfahrung zu machen, dass es nichts mehr gilt, wenn es den gesetzten Erwartungen nicht entspricht. Da hatte ich es besser gehabt, obwohl ich elternlos aufgewachsen bin. Aber mit Benjamin habe ich jemanden gehabt, der immer bedingungslos zu mir hielt. Mir wurde langsam klar, wie wenig selbstverständlich das ist.

In die Stille auf der Terrasse hinein sagte ich: »Ich bewundere dich, Jean-Paul, dass du an dieser Erfahrung nicht zerbrochen bist.«

Er lachte bitter, als er antwortete: »Nein, bin ich nicht. Ich habe mich ganz auf meine eigene Kraft konzentriert. Und davon habe ich offenbar eine ganze Menge mitgekriegt. Ich hoffe nur, dass sie nicht in Größenwahn ausartet wie bei dem Lieferanten meines Genoms.«
Wir schwiegen beide eine Weile, bis Jean-Paul in völlig verändertem Tonfall sagte: »Ich habe nie mit jemandem über diese ganz privaten Dinge gesprochen.«
»Auch nicht mit Benjamin?«
»Nein, nur oberflächlich. Dabei hatte ich mit dir heute etwas ganz anderes vor, als bedrängenden Erinnerungen nachzuhängen.«
»Und was hattest du vor?«
»Ich wollte dich fragen, ob du am Samstag mit mir ausgehst?«
»Und wohin?«
»Ins *Cyber-Kino,* vielleicht, oder ins Theater. Ich kenne da eine kleine, aber sehr engagierte Bühne, die hervorragendes *Identifikations-Theater* macht.«
»Warum nicht?«
»Darf ich deine Frage als Zusage interpretieren?«
Ich nickte nur, weil ich zu aufgeregt war, um etwas zu sagen.
Wir verabredeten uns für Samstag um neunzehn Uhr. Als Jean-Paul sich verabschiedete, hielt er lange meine Hand und schaute mich so erwartungsvoll an, dass ich nicht wusste, was ich machen sollte.
»Bis Samstag also!«, sagte ich hastig, drehte mich um und lief auf mein Zimmer.

25. März

Was für ein Tag! Das heißt, der Tag verging eigentlich mit dem Warten auf den Abend. Und dem Erwartungsfieber. Mit Duschen, Haare waschen, Schminken. Mit dem Anprobieren meiner schönsten Klamotten. In die engere Auswahl kam mein birkengrünes Ensemble (ein *Idadis*-Modell aus der aktuellen Kollektion) und mein gelbes *Beroc*-Kleid aus fluoreszierendem Stoff, dessen Farbe sich je nach Lichteinfall verändert. In beiden Modellen präsentierte ich mich meinem Jugendstil-Spiegel mehrere Male, bevor ich mich für das *Idadis*-Modell entschied. Das Birkengrün passt gut zum Frühling und auch zu meinem dunklen Teint. Über den Schmuck musste ich nicht lange nachdenken. Ich wählte die Kette aus dunkelgrünem Amazonit, dem Erbstück von dir, Mama. Irgendwie hatte ich dadurch das Gefühl, ein bisschen unter deinem Schutz zu stehen.
Die letzte Stunde vor Jean-Pauls Ankunft war die schlimmste. Ich hatte nichts mehr zu tun außer zum hundertsten Male die Falten aus meinem Ensemble zu streichen und meine Haarmähne zu bändigen. Benjamin kam ein paar Mal zu mir herein und wirkte sichtlich befremdet über meine Aufmachung und meine spürbare Aufregung. Aber er sagte nichts weiter. Als ich ihm am Abend zuvor von meiner Verabredung mit Jean-Paul erzählt hatte, war er so perplex, dass er mir die äußerst merkwürdige Frage stellte: »Aber wieso? Wozu soll das gut sein?«
Ich lachte ihn aus und neckte ihn, dass er wohl eifersüchtig sei und Angst habe, ich würde ihm etwas

von Jean-Pauls Aufmerksamkeit wegnehmen. Aber er schüttelte nur unwillig den Kopf und entgegnete: »Seine Aufmerksamkeit für dich ist ganz anderer Natur.«
Dieser Satz geisterte noch in meinem Kopf herum, als ich auf Jean-Paul wartete. Welcher Art war seine Aufmerksamkeit für mich? War seine Einladung für heute Abend nicht ein Zeichen, dass er mehr von mir wollte, als ernsthafte Gespräche mit mir zu führen? Und was wollte ich? Es gelang mir nicht, mir Klarheit über meine Gefühle zu verschaffen. Ich ließ einfach alles auf mich zukommen.
Als Jean-Paul kam, stellte ich fest, dass auch er sich mächtig in Schale geschmissen hatte. Er trug einen maßgeschneiderten Anzug aus *Dike*-Stoff, der seine Herkunft aus der *Dike*-Textilfabrikation durch seine dezent eingewebten Dreiecke, dem *Dike*-Markensymbol, zu erkennen gab, das Symbol, das ja auch die Ohrläppchen der jüngsten *Dike*-Baby-Generation kennzeichnet. Jedenfalls nahm mir sein Anblick die Angst, ich könnte womöglich overdressed erscheinen. Wir bestellten uns ein *City-rapid-demand* und verabschiedeten uns von Benjamin, der seinem Wunsch »Viel Vergnügen!« die völlig überflüssige Ermahnung an Jean-Paul hinzufügte: »Pass gut auf sie auf!«
Wir ließen uns direkt zum Theater fahren. Ich muss gestehen, dass ich seit Jahren nicht mehr dort war. Als Kind hat mich Benjamin jedes Jahr am 25. Juli, dem *Louise-Brown-Tag*, mit ins Kindertheater genommen. Aber so mit elf, zwölf Jahren fand ich diesen ganzen Zauber mit Königen und Prinzessinnen, Rittern und urtümlichen Ungeheuern nur noch albern. Was hatte das mit unserer Wirklichkeit zu tun? So verbrachte ich den offiziellen Feiertag zum Gedenken an den Beginn des *reprogenetischen Zeitalters* von da an lieber vor mei-

ner *Medienstation*, auch wenn da zum hundertsten Male Filme über die Geburt des ersten Retortenbabys Louise Brown am 25. 7. 1978 gezeigt wurden.
Das Theater, in das Jean-Paul mich führte, war nicht sehr groß. Da es sich um eine *Identifikations-Inszenierung* handelte, bekam jeder Theaterbesucher eine Brille und Ohrkontakte und musste sich für eine der Rollen des Stücks entscheiden. Gegeben wurde Goethes *Faust*, Teil I, und natürlich wählte die überwiegende Zahl der Besucherinnen das Gretchen und die meisten Besucher den Dr. Faustus. Ich entschied mich jedoch für Mephisto und Jean-Paul folgte meiner Wahl. So sahen wir das Stück ganz aus der Sicht des Teufels und Menschenverführers, hörten seine inneren Monologe, sahen die anderen Personen des Stücks aus seiner Perspektive. Obwohl ich das Drama aus den Literaturlektionen kannte, erlebte ich es jetzt ganz anders. Mir war von vornherein klar, dass dieser Gelehrte mit seinem Perfektionswahn und seinem Streben nach dem vollkommenen Augenblick eine leichte Beute für mich sein würde. Es machte mir regelrecht Spaß, ihn immer tiefer in die Falle hineinzulocken, den Strick um seinen Hals unmerklich enger zu ziehen.
Nach der Aufführung schlug Jean-Paul vor, noch auf einen Drink in eine der *Nischen* zu gehen. In der Nähe des Theaters gab es eine ganze Reihe davon und keine trug das mir so verhasste Schild »*No names* unerwünscht«. Trotzdem wurden wir von den übrigen Gästen zuerst misstrauisch beäugt, als wir eine kleine *Nische* im Wiener-Caféhaus-Stil betraten. Erst der Blick auf unser gepflegtes Äußeres und unsere unverkennbare Markenkleidung dämpfte den Argwohn etwas. Auch erkannten offenbar einige Jean-Paul als Albert-Nannère-Klon. Jean-Paul und ich nahmen auf einem

gemütlichen Plüschsofa in einer Ecke des Raumes Platz und bestellten einen Großen Braunen und dazu noch einen Cognac für Jean-Paul.
»Ein wahrhaft teuflisches Stück«, kommentierte Jean-Paul die Aufführung, »und erstaunlich aktuell, findest du nicht?«
»Doch. Dieser Faust erscheint mir wie ein Inbegriff des heutigen Menschen. Nichts kann er so akzeptieren, wie es ist, alles will er verstehen ...«
»... und beherrschen.«
»Ja, natürlich. Das vor allem!«
»Erstaunlich, dass dieser Goethe so ein Stück vor so langer Zeit geschrieben hat.«
»Na ja, es hat sich zwar sehr vieles verändert seit damals, aber in vielen Dingen sind sich die Menschen doch gleich geblieben.«
»Vor allem in dem Glauben, das Glück erzwingen zu können ... und dabei lassen sie die tatsächlichen Glücksmöglichkeiten links liegen.«
»Welche tatsächlichen ... meinst du – Gretchen?«
Jean-Paul lächelte mich an, kippte seinen Cognac runter und griff nach meiner Hand.
»Ich meine die Möglichkeit einer einfachen und aufrichtigen Liebe.«
Er sah mir bei seinen Worten direkt in die Augen, und ich spürte, wie mir die Röte ins Gesicht stieg. Ich entzog ihm meine Hand und widersprach: »Also diese Figur des Gretchen ist mir doch ein wenig zu einfach gestrickt. Die wirkt am verstaubtesten. Welche Frau ist heute noch so naiv und verleugnet so sehr ihre eigenen Interessen?«
»Du kennst die Liebe nicht, Simone. Die Liebe bringt einen zu manchem, was man nie gedacht hätte.«
»Aber du kennst die Liebe?«, fragte ich spöttisch.

»Okay, ich gebe zu, ich habe wohl ein wenig altklug dahergeredet. Aber ... ich möchte sie gern kennen lernen.«
Er hatte wieder seine Hand auf meine gelegt. Ich wusste nicht, was ich sagen sollte, ja, nicht einmal, wo ich hingucken sollte. Mir fiel nur der dumme Spruch ein: »Zur Liebe gehören zwei, mindestens, hab ich mal gelesen.«
»Möchtest du sie denn nicht kennen lernen? Dann wären wir schon zwei!«
Ich wusste überhaupt nicht, was ich von seinen Worten halten sollte. War das ein Flirt? Wollte er mich foppen? Meinte er es ernst? Ich fühlte mich schrecklich unerfahren und hatte Angst, mich mit einer unangemessenen Reaktion lächerlich zu machen. Jean-Paul muss meine Verlegenheit gespürt haben, denn plötzlich sagte er in einem ganz anderen Tonfall: »Verzeih mir, ich benehme mich wie ein Elefant im Porzellanladen. Ich bring dich jetzt nach Hause. Aber ich hoffe, ich habe mir mit meiner vorlauten Art nicht die Chance darauf verdorben, dass du in der nächsten Woche wieder mit mir ausgehst.«
Ich versprach es ihm, und wir brachen kurz darauf auf. Und jetzt sitze ich in meinem Zimmer, immer noch in meinem birkengrünen Ensemble, und frage mich, ob Jean-Paul sich wirklich für mich interessiert. Und ich? Bin ich etwa in ihn verliebt?
Ich fürchte: Ja!

10. April

Liebes Tagebuch, ich habe dich lange vernachlässigt. Aber es war einfach zu viel los. Zum einen musste ich Stunden um Stunden vor der *Medienstation* verbringen, um für mein Abitur zu lernen. Zum anderen habe ich fast meine gesamte Freizeit mit Jean-Paul verbracht. Leider verhält sich Benjamin sehr merkwürdig; sein Umgang mit Jean-Paul ist richtig distanziert geworden. Ob er tatsächlich eifersüchtig ist? Aber ich will ihm doch nicht den Freund wegnehmen! Die Beziehung zwischen Jean-Paul und mir ist etwas ganz anderes als eine Freundschaft unter Männern. Trotzdem – Benjamin hat sich sehr zurückgezogen. Dabei haben wir ihn bestimmt nicht ausgegrenzt. Wir haben ihn immer wieder eingeladen, mit uns zusammen etwas zu unternehmen. Aber er wollte nicht.

Gestern ist es passiert: Jean-Paul hat mich geküsst! Und ich fand es überhaupt nicht »gewöhnungsbedürftig«, wie ein Mädchen aus meiner Klasse es einmal formuliert hat. Ich fand es herrlich! Mir lief eine Gänsehaut über den ganzen Körper, von oben nach unten; und von unten nach oben stieg eine Hitzewelle auf.

Ich muss auch jetzt immer daran denken, und mein ganzes Gefühlsleben besteht nur noch im Warten auf das nächsten Wiedersehen mit Jean-Paul. Ist das noch normal? Ich denke wieder an dich, Mama. Hast du auch so empfunden, als du dich in diesen Inder verliebt hast, der dann mein Vater geworden ist? Aber du warst da schon eine alte Frau (entschuldige, aus meiner Perspektive sind Frauen über vierzig alt). Ist man in dem

Alter noch genauso aufgeregt, so ungeduldig, so sehnsüchtig?

Ach, eins muss ich unbedingt noch erzählen. Als Jean-Paul und ich händchenhaltend durch den Park schlenderten, kamen uns zwei Mädchen aus meiner Klasse entgegen. Wir plauderten kurz miteinander, ich stellte ihnen Jean-Paul vor, und er sprühte nur so vor Charme. Am nächsten Tag hatten wir gerade wieder unser *Klassentreffen,* und eins der Mädchen sprach mich in der Pause an: »Na, herzlichen Glückwunsch! Dass ausgerechnet du dir einen Albert-Nannère-Klon ergatterst, hätte ich nicht gedacht.«

Ich hörte richtig den Neid in ihrer Stimme, und ich muss zugeben, dass ich ihn gern hörte, obwohl ich ja weiß, wie sehr Jean-Paul es verabscheut, mit dem Etikett *Albert-Nannère-Klon* versehen zu werden.

»Tja«, entgegnete ich »das ist doch ganz etwas anderes als so ein *Nullachtfünfzehn-Dike*-Bubi oder ein *Idadis*-Knabe aus einer ausgelaufenen Edition!«

»Zugegeben, ein Klon von einem herausragenden Original ist schon etwas Besonderes, und trotzdem weiß man, was man an ihm hat. Singt er dir denn im Bett schöne Arien vor?«

»Er singt überhaupt nicht«, sagte ich und ließ sie ziemlich perplex stehen.

Jetzt denke ich wieder über ihren blöden Spruch mit dem Vorsingen im Bett nach. Denn von wegen Bett hat sich ja noch gar nichts abgespielt. Aber dabei wird es bestimmt nicht bleiben, hoffe ich jedenfalls. Doch zuvor muss ich unbedingt einige wichtige Dinge in die Wege leiten. Die *Markenmädchen* bekommen ja alle bei ihrer Geburt ein Scheckheft für den jährlichen *Gesundheits-TÜV,* in dem auch schon die kostenlose Sterilisierung und Follikelentnahme im dreizehnten Lebensjahr ent-

halten ist. So wird eine *wilde Schwangerschaft* zuverlässig verhindert, und später kann man aus den tiefgekühlten Follikeln Eier heranreifen lassen, unter denen die geeigneten als Ausgangsmaterial für die Produktion eines *Markenbabys* ausgewählt werden.
Natürlich wollte Benjamin mir diese Prozedur finanzieren, als ich dreizehn Jahre alt wurde. Aber ich habe es immer wieder hinausgezögert. Mir erschien es damals total unwahrscheinlich, dass ich jemals mit einem Mann zusammen sein, und erst recht, dass ich irgendwann ein Kind haben wollen würde. Und wenn, dann wäre ja noch Zeit genug, sich der Prozedur zu unterziehen. Jetzt ist es also höchste Zeit, das Versäumte nachzuholen. Und bei der Gelegenheit kann ich mir auch gleich mein Hymen entfernen lassen.
Aber was wird Benjamin sagen, wenn ich ihn bitte, jetzt die Kosten für das alles zu übernehmen? Er wird natürlich wissen, warum ich es jetzt plötzlich will. Wird es seine Eifersucht noch weiter anstacheln? Es ist mir alles irgendwie furchtbar unangenehm, aber ich fürchte, ich werde nicht darum herumkommen. Und natürlich werde ich mir die Körperhaare rasieren müssen, bevor …
Mein Gott, was für ein Umstand wegen dieser verdammten Sexualität. Ist es das alles überhaupt wert?
Jean-Pauls Kuss sagt mir: Ja!

12. April

Ich bin ganz tapfer gewesen und habe gleich heute das Gespräch mit Benjamin hinter mich gebracht. Und es war so schrecklich, wie ich es erwartet hatte. Ich versuchte, mein Anliegen so lässig wie möglich, fast nebenbei, vorzubringen: »Benjamin, ich glaub, so langsam sollte ich mich wohl doch sterilisieren lassen. Ich werde mal einen Termin im *Fertilisationszentrum* machen.«

Benjamin stand vor einem seiner Bücherregale, als ich ihn ansprach. Er drehte sich abrupt zu mir um. Er war so blass wie sonst nur während seiner Kopfschmerzattacken. Er stammelte Unzusammenhängendes.

»Du willst ... du hast ... Sterilisation ... jetzt ... aber ... warum ...«

»Das ist doch völlig überfällig«, unterbrach ich ihn. »Du hast mich ja zu Recht schon viel früher dazu gedrängt.«

»Ja, ja, natürlich. Natürlich solltest du das machen lassen«, sagte er schließlich, sah mich dabei aber immer noch an, als habe ich ihm eine tödliche Krankheit eingestanden. Mich ärgerte seine Reaktion plötzlich, und das gab mir den Mut, in die Offensive zu gehen.

»Du hast ja sicher bemerkt, dass Jean-Paul und ich uns recht gut verstehen.«

»Das ist mir nicht verborgen geblieben.«

»Nun ja, und als Frau muss man ja auf alles vorbereitet sein.«

»Auf ... alles?«

Jetzt sah er mich geradezu demütig an wie ein geschla-

gener Hund. Doch statt mich zu rühren, machte mich sein Blick noch härter.
»Ich möchte nicht so verantwortungslos wie unsere Mutter in die Gefahr geraten, ein *No name*-Baby in die Welt zu setzen. Ich möchte mein erstes Liebesabenteuer unbeschwert genießen!«
»Dein ... Liebesabenteuer?«
»Benjamin, wieso fällst du wegen der natürlichsten Sache der Welt so aus allen Wolken? Ich bin eine erwachsene Frau! Ich weiß, dass du für mich mehr wie ein Vater als wie ein Bruder empfindest, und ich weiß auch, dass alle Väter ein bisschen eifersüchtig sind, wenn ihre Töchter sich anderen Männern zuwenden ...«
Benjamin unterbrach mich brüsk: »Ich bin nicht eifersüchtig! Das ist ja lächerlich! Wenn sich da wirklich was anbahnt zwischen dir und Jean-Paul, wunderbar! Du weißt, wie sehr ich ihn schätze. Mach deinen Termin im Fertilisationszentrum ... und jetzt lass mich allein. Ich habe zu tun!«
Ich ging also. Und ich ließ mir einen Termin geben. Der ist allerdings erst in fünf Wochen. Bis dahin dürfen Jean-Paul und ich uns noch näher kommen – aber nicht zu nahe!

15. April

Ach, das Leben ist wunderschön! Ich bin so verliebt in Jean-Paul, dass es schon weh tut. Heute hat er mich auf unserem Spaziergang im Park alle paar Schritte geküsst. Wir sind also nicht sehr weit gekommen auf dem Weg durch den Park, aber umso weiter auf dem Weg zueinander. Als wir wieder in meinem Zimmer waren, haben wir uns aufs Sofa gesetzt, und er hat mich wieder geküsst und gestreichelt, auch meine Brüste unter dem T-Shirt, bis mir so heiß war, als ob ich Fieber hätte.

»Bitte zieh das T-Shirt aus!«, hat er mich ganz leise gebeten, und als ich zögerte, noch einmal: »Bitte!«

Da habe ich es getan, und er hat meine Brüste geküsst und an meinen Brustwarzen gesaugt, bis ich halb verrückt wurde. Es war das Schönste, was ich bisher in meinem Leben erlebt habe! Noch jetzt, wenn ich daran denke, wird mir ganz schwach.

Als er mir aber auch noch den Rock ausziehen wollte, habe ich ihn energisch abgewehrt.

»Ich fühle mich noch nicht so weit«, habe ich ihm zugeflüstert.

»Aber warum denn nicht? Sehnst du dich denn nicht nach mir?«

»Doch. Aber ich brauche noch ein bisschen Zeit.«

Er hat laut und ein bisschen theatralisch geseufzt und seinen Kopf an meine Brust gelegt. Ich habe in seinen schönen Locken gewühlt und ein bisschen Angst gehabt, dass er mir jetzt vielleicht böse ist. Aber nach einer Weile hat er mich angeschaut und gesagt: »Ich liebe

dich, Simone. Wenn du das erst wirklich verstanden hast, wirst du mich nicht mehr zurückweisen.«
Wie gerne hätte ich ihn nicht mehr zurückgewiesen! Aber ich mochte ihm nicht sagen, dass ich noch *naturbelassen* war. Dass er mich würde *entjungfern* müssen wie die primitivste *No name*, eine grässliche Prozedur, nach allem, was ich darüber weiß. Nein, das will ich ihm und mir nicht zumuten. In ein paar Wochen wird alles problemlos möglich sein. So lange müssen wir warten, auch wenn wir es kaum erwarten können. Ich *muss* vernünftig bleiben!

17. April

Es ist zehn Uhr morgens. Jean-Paul ist vor einer Stunde gegangen, und ich bin völlig durcheinander. Ich habe mir einen Kaffee gekocht, um wieder etwas klarer im Kopf zu werden. Essen kann ich sowieso nichts.
Wie konnte das alles geschehen?
Jean-Paul und ich waren tanzen. Er ist ein wunderbarer Tänzer, er hat ein untrügliches Gespür für den Takt und den Rhythmus, egal ob es sich um klassischen Tango oder *Hot Hoop*, den Hit der Saison, handelt. Auch wenn er nicht einmal unter der Dusche singt, wie er immer wieder betont, die Musikalität liegt ihm unzweifelhaft im Blut.
Nach dem Tanzen kam er mit zu mir. Wir tranken einen sehr guten französischen Rotwein, der mich schon ziemlich beschwipst machte, aber dann bestand Jean-Paul auch noch darauf, an unserem Mixer einen Drink zu komponieren. Als er mit dem Tablett, auf dem zwei hohe Gläser mit einer grünblau-changierenden Flüssigkeit standen, zurückkam, stellte er sie mit dem Schwung eines geübten Oberkellners auf den Tisch und sagte: »Voilà, Mademoiselle, meine ureigenste Kreation, die ich hiermit auf den Namen *Flamme d'amour* taufe.«
Mich hatte der Rotwein schon so albern gemacht, dass ich seine Namensgebung wahnsinnig komisch fand und gar nicht mehr aufhören konnte zu lachen. Schon nachdem ich wenige Schlucke von seinem Gebräu getrunken hatte, fühlte ich mich allerdings völlig entspannt, hörte auf, rumzugackern, sah Jean-Paul nur noch glückselig an und fühlte mich frei von allen

Sorgen und Ängsten. Noch einige Schlucke und ich schwebte, nein, nicht *wie* auf Wolken … ich schwebte auf einer Wolke, losgelöst und schwerelos.
Jean-Paul hatte nach dem Buch auf meinem Nachttisch gegriffen, dem KAMASUTRA, und neckte mich, ob ich denn solche Anregungen brauche, ob er mir denn nicht Anregung genug sei. Ich erzählte ihm, dass dieses Buch ein Erbstück von meiner Mutter sei, ja, ich erzählte ihm die ganze Geschichte meiner Herkunft, was ich bisher nur in Ansätzen getan hatte. Ich erzählte ihm alles, was ich wusste, ich erzählte ihm von meinen Gedanken und Gefühlen, ich erzählte und erzählte: Und es fiel mir überhaupt nicht schwer, darüber zu sprechen. Ich empfand vollkommenes Vertrauen zu Jean-Paul, ja Vertrautheit, wie sie mich sonst nur mit Benjamin verbindet. Soweit ich mich erinnere, sagte Jean-Paul kaum etwas dazu, lächelte mich nur verstehend an, streichelte meine Hand.
Als ich seine *Flamme d'amour* ausgetrunken hatte, blätterten wir gemeinsam in dem KAMASUTRA und betrachteten die farbigen Bilder von Paaren, die in den unglaublichsten Stellungen im Liebesakt miteinander verschmolzen. Zu meinem großen Erstaunen wurden die Paare vor meinen Augen plötzlich lebendig, erwachten aus ihrer Starre, bewegten sich sanft oder heftig, rhythmisch oder völlig unkontrolliert.
»Mein Gott, Jean-Paul, siehst du das auch?«
»Was denn, meine Schöne?«
»Die bewegen sich! Die Liebenden auf den Bildern bewegen sich!«
Er sah mich einen Moment ganz ruhig und ernst an. Dann nahm er mich in die Arme und flüsterte in mein Ohr: »Ja, sie bewegen sich. Alle Liebenden bewegen sich. Und wir werden uns auch bewegen.«

Er küsste mich und fing an, mich auszuziehen. Es kam mir ganz selbstverständlich vor. Als ich ganz nackt war, legte ich mich aufs Bett und sah ihm zu, wie auch er seine Kleidung ablegte. Ich schämte mich nicht für meine Haare am Körper und fürchtete mich auch nicht vor seinem aufragenden Phallus. Er musste so sein, er war wie auf den bunten Bildern, er war schön und ich wollte ihn in mir fühlen. Als Jean-Paul tatsächlich in mich eindrang, fühlte ich einen kurzen Widerstand, dann einen stechenden Schmerz, aber bald versank alles Empfinden im uralten Rhythmus der Liebe, im ursprünglichen Rausch.
Danach müssen wir sofort erschöpft eingeschlafen sein. Ich erinnere mich erst wieder, dass ich gegen Morgen aufwachte, weil die Decke verrutscht war und ich fror. Ich stand auf, um aufs Klo zu gehen, aber auf dem Weg dorthin wurde mir so schwindelig, dass ich mich auf den Fußboden setzte. Ich habe wohl auch einen erschreckten Laut von mir gegeben. Jedenfalls war Jean-Paul sofort hellwach, setzte sich neben mich auf den Boden und fragte, was denn los sei.
»Mir war plötzlich so schwindelig. Ich habe das Gleichgewicht verloren.«
Er legte den Arm um mich und versuchte, mich zu beruhigen: »Das vergeht wieder. Du musst ganz langsam aufstehen. Keine abrupten Bewegungen! Das sind nur die Nachwirkungen.«
Er half mir beim Aufstehen und begleitete mich bis vor die Tür zum Bad. Der Schwindel kam nicht wieder.
Als ich wieder zu ihm in mein Bett schlüpfte, fragte ich ihn ratlos: »Was für Nachwirkungen?«
»Na, von der *Flamme d'amour*, Dummchen.«
»Was war das für ein Teufelszeug?«
»Kein Teufelszeug. Nur ein erstklassiges Aphrodisiakum.«

»Ist das eine Droge?«
»So ähnlich. Aber ganz ungefährlich, du brauchst dir keine Sorgen zu machen. Es ist nur dazu da, um ängstlichen kleinen Mädchen ein paar überflüssige Hemmungen zu nehmen.«
Ich verkroch mich unter die Decke. Also darum hatte ich mich gestern so seltsam gefühlt! Hemmungen hatte ich nicht gehabt, nein ... aber ich hätte sie doch haben müssen! Plötzlich war mein Verstand wieder völlig klar.
»Jean-Paul, das hättest du nicht tun dürfen!«, schrie ich ihn an.
»Aber warum denn nicht? Ich wollte doch nur, dass es schön für dich ist ... das erste Mal. Und wo du sogar noch verschlossen warst. War es denn nicht schön?«
Ich vergrub mein Gesicht ins Kissen. Doch, es war schön gewesen. So schön, dass ich dafür keine Worte habe. Aber was war jetzt?
»Jean-Paul«, sagte ich, »ich war nicht nur verschlossen, ich bin auch nicht sterilisiert!«
Er sah mich ungläubig an.
»Du bist nicht ...? Aber warum denn nicht?«
Ich erklärte es ihm.
Eine Zeit lang schwiegen wir beide. Dann sagte er: »Das konnte ich nicht wissen. Du hättest es mir sagen müssen.«
»Ich habe doch schon einen Termin für die Sterilisation. In vier Wochen! Und ich dachte, bis dahin ...«
»Wie konntest du glauben, Liebe ließe sich nach dem Terminkalender planen? Ach, Simone, du bist noch so grausam unerfahren! Aber jetzt hör mal, wir sollten uns nicht verrückt machen. Soweit ich über die natürliche Fortpflanzung informiert bin, ist da die Trefferwahrscheinlichkeit gar nicht so hoch. Und wenn wirklich et-

was passiert sein sollte, gibt es ja einfache Methoden, es rückgängig zu machen.«

»Ich weiß.«

»Also … keine Tragödie, oder? Bitte lächle wieder! Ich kann keine Tränen auf deinem Gesicht ertragen.«

Ja, das ist passiert in der letzten Nacht. Und jetzt sitze ich hier und kann es noch nicht glauben. Was für eine seltsame Sache ist die Liebe? Und wenn ich wirklich schwanger geworden bin? Jean-Paul hat Recht. Auch das ist ja kein Problem. Wenn es wirklich so sein sollte, lasse ich es bei meinem Termin im Fertilisationszentrum gleich miterledigen. Keine Tragödie! Ich sollte lieber mein Glück genießen. Denn ich war doch glücklich. Ob ich es ohne *Flamme d'amour* auch gewesen wäre?

26. April

Ich bin es. Ich bin es von Tag zu Tag mehr. Und von Nacht zu Nacht, denn Jean-Paul verbringt jetzt fast jede Nacht bei mir. Auch tagsüber hat er viel Zeit, denn seine Doktorarbeit ist endlich fertig. Jetzt wartet er gespannt auf die Beurteilung. Dass er von seinem Doktorvater Benjamin eine Eins bekommen wird, steht außer Frage. Aber wie wird die Note des zweiten Prüfers ausfallen? Die Ungewissheit beschäftigt Jean-Paul, doch sie drückt nicht auf unsere Stimmung. Wir genießen unsere gemeinsamen Tage. Und die Nächte, diese wunderschönen Nächte! Wenn Jean-Paul mich mit diesem seltsamen Flackern in den Augen ansieht, wird mir schon immer ganz heiß und kalt.

Gestern Abend hat er mich ausgezogen und mich nackt vor den Spiegel geführt. Er stand hinter mir und hat mich gestreichelt und meinem Körper mit Liebesworten geschmeichelt. Für einen kurzen Moment dachte ich daran, wie ich allein vor dem Spiegel gestanden und mir all dies nur erträumt hatte. Es war ein Traum gewesen – und jetzt war es traumhaft. Jean-Paul beschrieb mir meinen Körper in allen Einzelheiten, »damit auch du ihn mit den Augen der Liebe betrachten lernst«, sagte er. Er beschwor mich, mir nicht die Körperhaare abzurasieren. »Für mich bist du viel schöner als jede Venus aus dem Reagenzglas«, hat er beteuert, und ich glaube es ihm sogar. Denn die Leidenschaft, mit der er mich begehrt, lässt keinen Zweifeln Raum.

Eigentlich bin ich rundherum glücklich, nur etwas überschattet mein Glück: die Sorge um Benjamin. Er

verhält sich so eigenartig! Am Morgen nach meiner ersten Liebesnacht mit Jean-Paul saß er mir beim Frühstück mit steinernem Gesicht gegenüber, aß kaum etwas und sagte dann völlig unvermittelt: »Ich hoffe, du vergisst nicht, dass du noch nicht sterilisiert bist!«
Ich erschrak. Wieso sagte er das ausgerechnet an diesem Morgen? Hatte er etwas mitgekriegt? Waren wir so laut gewesen?
»Natürlich denke ich daran«, sagte ich trotzig. »Aber es gibt ja auch noch das *Spray*.«
Jean-Paul benutzt jetzt immer das Verhütungsspray. Es ist etwas nervig, weil er es erst fünfzehn Minuten einwirken lassen muss, aber wir wissen ja, dass wir es nicht mehr lange brauchen werden.
Benjamin sagte an diesem Morgen nichts weiter. Aber er ist seitdem so mürrisch und einsilbig, wie ich ihn sonst gar nicht kenne. Außerdem ist er tagsüber fast immer außer Haus, während er sich abends in sein Arbeitszimmer zurückzieht und dort sogar schläft.
Auch Jean-Paul fällt dieses seltsame Verhalten auf, doch er macht sich nicht so viel Sorgen darum. Er glaubt auch, dass Benjamin wohl eifersüchtig ist.
»Das ist völlig normal«, sagt er. »Benjamin hat dich großgezogen, für dich gesorgt wie ein Vater. Er war immer der einzige wichtige Mann in deinem Leben. Und aus dieser Position verdränge ich ihn nun. Er wird sich damit abfinden müssen. Vielleicht sollte ich mal ein Gespräch mit ihm führen, von Mann zu Mann.«
Meine Sorge um Benjamins Verhalten ist der einzige Wermutstropfen, der mein Glück aber auch nicht trüben kann. Ich könnte die ganze Welt umarmen, sogar die arrogantesten Mädchen aus meiner Klasse. Und ich denke jetzt an dich, Mama, ganz ohne Anflug von Zorn und Bitterkeit. Ja, ich denke an dich mit Milde und To-

leranz, Gefühle, von denen ich bisher glaubte, nur sehr alte Menschen könnten sie empfinden. Du hast auch geliebt – und ich verstehe nun, dass deine Entscheidungen nicht nur von Vernunft geleitet waren. Ich kann mir keinen Grund der Welt vorstellen, und sei es der vernünftigste, der mich von Jean-Paul trennen könnte. Selbst wenn er schwer krank oder ästhetisch entstellt wäre, das würde an meinen Gefühlen für ihn nichts ändern. Ich liebe ihn. Unwiderruflich!

28. April

Heute habe ich Jean-Paul bei einer Lüge ertappt.
Er stand unter meiner Dusche, während ich mich noch im Bett räkelte. Ich träumte noch dem letzten Abend nach, an dem er mich zum ersten Mal mit seiner Zunge beglückt hatte. Plötzlich drangen Töne an mein Ohr, wohlklingende Töne. Ich hörte Jean-Pauls Stimme. Er sang aus voller Kehle ein altbekanntes Volkslied. *Die Gedanken sind frei, wer kann sie erraten ...*, hörte ich deutlich neben dem Rauschen der Dusche, ... *sie fliegen vorbei wie nächtliche Schatten ...*
Ich lag ganz still und lauschte. Hatte Jean-Paul nicht behauptet, er singe niemals, nicht einmal unter der Dusche? Ich war ganz fasziniert von seiner Stimme. Nein, es ist nicht *die* Stimme, nicht die Stimme von Albert Nannère. Sie klingt ursprünglicher, rauer – in meinen Ohren die schönste Stimme der Welt.
Als Jean-Paul aus der Dusche kam, sich zu mir setzte und mich neckte, dass ich wohl den ganzen Tag in unserem Lotterbett verbringen wolle, gab ich ihm Kontra: »Jean-Paul, du lugst mich an!«
Er sah mich empört an, legte die Hand aufs Herz und erklärte mit großer Geste: »Niemals! Das Herz soll mir im Leibe verfaulen, wenn auch nur eine Lüge über meine Lippen schlüpft.«
»Sei vorsichtig mit deinen Schwüren! Hast du mir nicht erzählt, dass du niemals singst?«
Er sah mich misstrauisch an.
»Ja, und? Ich singe niemals!«
»Auch nicht unter der Dusche?«

»Auch nicht unter der Dusche!«
»Und wer hat eben laut und wunderbar *Die Gedanken sind frei* unter meiner Dusche gesungen?«
Er stutzte, schwieg bestürzt, bis er zögernd zugab: »Jetzt, wo du es sagst, ist mir fast so, als hätte ich doch tatsächlich gesungen.«
Ich musste laut lachen. Offenbar sang Jean-Paul so unbewusst wie andere Menschen Selbstgespräche führen, ohne es zu merken.
»Liebster«, sagte ich »du hast wirklich eine so wunderbare Stimme. Es ist eine Schande, dass du sie nur unter der Dusche erklingen lässt!«
Sein Gesicht verschloss sich.
»Bitte vergiss dieses Thema! Du kennst meine Entscheidung. Ich bin Wissenschaftler und kein Sänger. Und dabei wird es bleiben. Ich bin kein zweiter Albert Nannère. Ich bin ein einziger Jean-Paul.«
Wir sprachen nicht mehr darüber. Mir ist klar, dass ich Jean-Paul in dieser Hinsicht zu nichts drängen darf. Dazu rührt es zu sehr an seine alten Wunden. Ich akzeptiere das. Aber ein bisschen traurig macht es mich schon. Ich bin überzeugt, dass er den Liebhabern klassischer Musik auf dieser Welt so viel zu geben hätte!

30. April

Ach, was ist heute für ein schrecklicher Tag!
Benjamin hatte Jean-Paul in sein Arbeitszimmer gebeten, um mit ihm über seine Doktorarbeit zu sprechen. Ich saß nebenan über meinen Aufgaben für die Schule und lernte die Bedeutung der wichtigsten *Gensequenzen* der Taufliege *Drosophila* auswendig. Das heißt, ich versuchte es, denn schon nach kurzer Zeit lenkten mich die lauten und erregten Stimmen aus dem Nachbarzimmer ab. Offenbar stritten sich die beiden heftig, und ich fragte mich beunruhigt, warum?
Als Jean-Paul schließlich zu mir ins Zimmer kam, war er sichtlich erhitzt und sein Gesicht von der Röte überzogen, die der Zorn und nicht die Scham hervorruft. Er schmiss sich in einen Sessel und schloss die Augen. Ich ging sofort zu ihm hin, setzte mich auf die Lehne und berührte sanft seinen Arm.
»Was ist denn los? Warum seid ihr euch in die Haare geraten?«
Jean-Paul schlug die Augen auf, sah mich aber nicht an, als er sagte: »Dein Bruder ist ein feiger Verräter!«
Ich war entsetzt. Wie konnte er so etwas über Benjamin sagen? Doch als er fortfuhr, fing ich an, seinen Zorn zu verstehen.
»Professor Konledinos, der zweite Prüfer, hat meine Arbeit mit einer Fünf zensiert. Angeblich ist sie unausgegoren, wissenschaftlich unhaltbar und beruht nicht auf den allgemein anerkannten Prämissen der sozialwissenschaftlichen Forschung …«
»Aber das war ja vorauszusehen! Benjamin und du, ihr

habt doch oft genug darüber gesprochen, dass ein *reprogenetischer Hardliner* wie Professor Konledinos deine Arbeit mit Sicherheit in der Luft zerreißen wird.«

»Natürlich. Aber wir haben auch darüber gesprochen, dass es nach den Statuten der Prüfungsordnung zu einem Drittgutachten kommen muss, wenn ein Prüfer die Arbeit mit einer Eins und der andere sie mit einer Fünf zensiert. Der Drittgutachter wäre der Dekan der historischen Fakultät, ein bekanntermaßen liberaler Professor, der andere Forschungsansätze und konträre Interpretationen von Fakten zumindest nicht von vornherein als unwissenschaftlich abqualifiziert. Wenn er die Arbeit zumindest als befriedigend einstufen würde, könnten sie mir den Doktortitel nicht vorenthalten.«

Jean-Paul sah mir direkt in die Augen, als er schließlich hinzufügte: »Dein lieber Bruder hat meine Arbeit aber nicht mit einer Eins, sondern mit einer Zwei zensiert.«

Es verschlug mir die Sprache. Damit war die Arbeit durchgefallen. Und das wusste Benjamin natürlich genau. Ich konnte es gar nicht glauben, dachte, es müsse sich um ein Missverständnis handeln. Ich schlug Jean-Paul vor, dass ich noch einmal mit Benjamin reden würde. Vielleicht konnte Benjamin seine Bewertung noch abändern?

Doch Jean-Paul wollte nichts davon wissen.

»Ich verbiete dir, in dieser Sache mit Benjamin zu reden, hörst du! Ich habe es überhaupt nicht nötig, ihn irgendwie zu beeinflussen. Ich weiß, was meine Arbeit wert ist, und ich werde mich auch ohne deinen werten Bruder durchsetzen. Es gibt noch andere Universitäten und noch andere Doktorväter. *Doktorvater*! Was für ein anachronistischer Ausdruck! Er hält genauso wenig zu mir,

wenn's drauf ankommt, wie ein gewisser Herr Albert Nannère. Alle Väter sind Verräter!«
Es gelang mir kaum, Jean-Pauls Zorn zu besänftigen. Als er mich verließ, war ich verzweifelt und ratlos. Was war nur in Benjamin gefahren? Ich musste einfach mit ihm darüber reden, auch wenn Jean-Paul es mir ausdrücklich untersagt hatte.
Beim Abendessen versuchte ich, ihn ganz vorsichtig auf die Sache anzusprechen.
»Sag mal, Benjamin, Jean-Paul hat mir vorhin erzählt …«
Weiter kam ich nicht, denn Benjamin unterbrach mich sofort: »Ach, schickt dein Geliebter dich vor, um mich zu erweichen? Das hätte ich nicht von ihm erwartet.«
»Benjamin, ich verstehe dich nicht. Was soll das? Ich spreche nicht in Jean-Pauls Auftrag, im Gegenteil. Ich selbst möchte wissen, möchte begreifen, warum du plötzlich deine Meinung über Jean-Pauls Doktorarbeit geändert hast.«
»Ich habe meine Meinung überhaupt nicht geändert. Ich kannte seine Arbeit bisher nur in den Grundzügen. Als ich sie dann ganz gelesen habe, musste ich doch einige Unzulänglichkeiten feststellen. Er hat viel zu flusig gearbeitet. Wahrscheinlich war er in der letzten Zeit zu viel mit anderem beschäftigt.«
Benjamin sah mich herausfordernd an, und ich verstand sehr wohl, was er mit seinem Ausdruck »mit anderem« meinte: mit mir.
»Könnte es sein, dass du dich in deiner Beurteilung von Gefühlen leiten lässt, die mit der Sache selbst gar nichts zu tun haben?«
»Was für Gefühle meinst du?«, fragte Benjamin mit einem lauernden Blick, der mir Angst einjagte.
Ich formulierte ganz vorsichtig: »Ich meine, dass du

vielleicht befürchtest, deine Freundschaft zu Jean-Paul könnte unter seiner Beziehung zu mir leiden.«
Er schnaubte verächtlich.
»Freundschaft! Ich habe nie an eine Freundschaft geglaubt. Wir haben uns ganz gut verstanden, und jetzt konzentriert sich Jean-Pauls Energie im Wesentlichen auf dich. Das ist der Lauf der Dinge, völlig normal, das berührt meine Gefühle nicht eine Sekunde. Außerdem ist es eine unglaubliche Unterstellung von dir, wenn du mich verdächtigst, in meine Beurteilung von Jean-Pauls Doktorarbeit Gefühle hineinzumengen. Ich habe sie ganz nüchtern und objektiv betrachtet. Das gebietet mir mein Ethos als Wissenschaftler. Ich habe mich aber eben auch nicht von positiven Gefühlen ihm gegenüber beeinflussen lassen, und darum konnte ich nun mal nicht anders, als die Arbeit mit einer Zwei zu bewerten.«
»Und über die Konsequenzen bist du dir im Klaren?«
Benjamin sah mich feindselig an: »Ich sagte bereits, dass ich mich von keinen sachfremden Argumenten leiten lasse. Die Konsequenzen hat Jean-Paul wegen seiner unsorgfältigen Ausarbeitung ganz allein sich selbst zuzuschreiben.«
Benjamin stand auf, obwohl sein Teller noch halb voll war, und zog sich in sein Arbeitszimmer zurück.
Ich sitze jetzt hier an meinem Schreibtisch und beschreibe diesen Tag, während in meinem Kopf und in meinem Herzen nur Chaos herrscht. Was soll ich bloß von dem Ganzen halten? Es war doch alles so wunderbar! Wieso muss plötzlich alles so kompliziert sein? Je mehr ich darüber nachdenke, umso wütender werde ich auf Benjamin. Was soll das Gelaber von wissenschaftlichem Ethos und Objektivität? Das sind doch alles Schutzbehauptungen! Er ist schlicht gekränkt, fühlt sich zurück-

gesetzt. Ich muss irgendetwas tun, um Benjamin und Jean-Paul wieder miteinander zu versöhnen. Es ist schrecklich, dass die beiden Männer, die ich am meisten liebe, jetzt solchen Groll gegeneinander hegen. Das muss aufhören! Aber wie …?

3. Mai

Ach, es ist ein Elend! Ich mag schon gar nicht mehr Tagebuch schreiben. Benjamin und Jean-Paul, die doch beide so viel älter sind als ich, benehmen sich wie die Kleinkinder. Mit Mühe bringen sie einen Gruß über die Lippen, wenn sie sich begegnen. Benjamin verzieht sich in sein Arbeitszimmer oder verlässt demonstrativ das Haus, wenn Jean-Paul kommt. Die Atmosphäre zwischen den beiden ist tiefgekühlt. Und diese miese Stimmung überträgt sich auch noch auf Jean-Paul und mich. Oder bilde ich mir nur ein, dass er selbst bei seinen intimsten Zärtlichkeiten nicht mehr ganz bei mir ist? Dass etwas zwischen uns steht? Nicht etwas: jemand! Nicht jemand: Benjamin! Was kann ich tun, damit alles wieder wie früher wird, fröhlich und unbeschwert? Mein Glück kann doch nicht von so kurzer Dauer gewesen sein! Ich werde um Jean-Paul kämpfen! Ich bin schließlich nicht schuld an Benjamins Verrat, wie Jean-Paul es nur nennt. Das darf doch keinen Einfluss auf unsere Liebe haben! Es muss mir gelingen, diesen Panzer, mit dem Jean-Paul sich umgibt, wieder aufzusprengen, wieder den Zugang zum Innersten seines Herzens zu finden!

6. Mai

Wie kleingläubig ich gewesen bin! Jean-Paul liebt mich wie am ersten Tag, und nichts und niemand kann jemals zwischen uns kommen. Alles andere habe ich mir nur eingebildet. Wenn wir uns sehen, ist alles wie verzaubert, die banalsten Dinge erscheinen wundervoll. Wenn wir zusammen im Bett liegen, existiert die Welt für mich nicht mehr, es gibt nur noch Jean-Paul und mich. Die Leidenschaft, mit der Jean-Paul mich begehrt, wird immer noch heftiger. Und er reißt mich mit in diese Schwindel erregenden Höhen, in denen Alles und Nichts sich vereinen.
Ich werde richtig philosophisch, merke ich gerade. Aber wie sonst kann ich *das* beschreiben? Ist es einmalig, was ich empfinde, oder fühlen andere Menschen auch so? Das ist doch etwas anderes als das, was in den Aufklärungsmedien sexuelle Befriedigung genannt wird. Das ist Glück!
Bis vor kurzem habe ich geglaubt, Glück ist, wenn ich eine Eins in Mathe bekommen habe. Aber was ist das für ein mickriges Gefühl gewesen im Vergleich zu dem, was ich jetzt empfinde! Wenn Jean-Paul gegangen ist, sitze ich manchmal stundenlang da und grinse einfach nur verklärt vor mich hin. Wie eine Schwachsinnige, könnte man meinen. Aber ich bin eine Starkfühlende. Irgendwo treffen sich diese beiden Zustände. Ich liebe Jean-Paul mehr als alles auf der Welt, mehr als sämtliche Universen, die es geben mag!
Ich denke in diesen Tagen auch wieder viel an dich, Mama. Hast du meinen Vater auch so schrecklich ge-

liebt? Ich kann dich jetzt viel besser verstehen. Ist meine Zeugung vielleicht gar kein Unfall gewesen, hast du es ganz bewusst gewollt? Der Gedanke erscheint mir immer noch ungeheuerlich. Aber ich muss zugeben, ich habe auch schon den Wunsch verspürt, ein Kind von Jean-Paul zu haben – ein Kind der Liebe, ohne Terminplanung, ohne Bestellung im Labor, ohne Gestaltung nach unseren Wunschvorstellungen. Ich weiß, es ist ein absolut archaischer Impuls, für den ich auf die Couch gehöre, das bekannte therapiebedürftige *Spontankonzeptions-Syndrom,* ausgelöst durch hormonelle Überflutung. Und ich werde ihm auch nicht nachgeben. Dazu weiß ich ja zu genau, wer nachher unter der Erfüllung dieses irrationalen Wunsches leiden muss: das so entstandene Kind. Aber verstehen, verstehen kann ich diesen Wunsch jetzt. Ich werde mich vor meinem Sterilisierungstermin dennoch nicht drücken. Wenn Jean-Paul und ich irgendwann einmal ein Kind zusammen haben wollen, soll es mit dem bestmöglichen Genom ausgestattet sein, das wir ihm mitgeben können. Aber das liegt noch in so weiter Zukunft! Jetzt gibt es nur uns beide. Und das ist mehr als genug.

10. Mai

Ich habe vier Tage nichts geschrieben, weil mir die Ereignisse die Sprache und die Schrift verschlagen haben. Ich möchte die ganze Zeit aus diesem Albtraum aufwachen, kann es einfach nicht fassen, dass passiert ist, was passiert ist.

Eben habe ich nochmal den vorletzten Satz gelesen, den ich vor vier Tagen geschrieben habe: *Jetzt gibt es nur uns beide*. Welch grauenhafter Irrtum! Nein, wir sind nicht allein, sind es nie gewesen. Selbst unsere innigste Zweisamkeit war … Nein, ich will hier nicht rumjammern. Das bringt mich nicht weiter. Ich will versuchen, so nüchtern wie möglich zu schildern, was sich ereignet hat.

Am Samstagabend kamen Jean-Paul und ich spät von einem Konzertbesuch zurück. Wir gingen in mein Zimmer. Jean-Paul umarmte mich, küsste mich, und wir zogen uns aus. Ich wollte mich ins Bett legen, doch Jean-Paul führte mich wieder vor meinen schönen großen Jugendstil-Spiegel. Er stand hinter mir und seine Hände fuhren zärtlich über meinen Körper. Ich schloss die Augen, um mich ganz dem Genuss meiner Empfindungen hinzugeben, doch Jean-Paul flüsterte mir erregt ins Ohr: »Schau dich an!«

Ich sah meine Brüste in seinen Händen liegen.

»Schau, wie schön sie sind! Und wie erwartungsvoll.«

Es stimmte. Meine Brustspitzen waren hart und aufgerichtet, sehnten sich nach der Berührung durch den geliebten Mann. Als Jean-Paul sie sanft in seine Fingerschere nahm, schloss ich unwillkürlich wieder die Augen, weil sich meine ganze Wahrnehmung jetzt auf diese zwei Punkte zusammenzog. Erst als Jean-Paul seine Hände weiter nach unten wandern ließ, öffnete ich sie wieder. Ich sah, wie seine Finger meine Venuslippen öffneten, sah ihn den Mittelpunkt meiner Lust entblößen – und hörte leise, aber deutlich, ein tiefes Stöhnen. Ich erstarrte, denn das Stöhnen kam nicht von Jean-Paul. Es kam aus dem Spiegel. Ich sah Jean-Paul entsetzt in den Spiegel starren. Er hatte es also auch gehört. Ich war so verwirrt, dass ich überhaupt nichts begriff. Doch Jean-Paul hatte begriffen.

Er löste sich schlagartig von mir und rannte aus der Tür. Ich hörte sein wutentbranntes Schreien aus dem Nachbarzimmer und die flehende Stimme meines Bruders; ich hörte Schläge und Poltern. Erst da erwachte ich aus meiner erschreckten Starre. Ich zerrte meinen Morgenmantel aus dem Schrank und rannte in Benjamins Arbeitszimmer. Der Anblick dort war schrecklich. Mein nackter Bruder lag blutend in einer Ecke zusammengekrümmt, und Jean-Paul schlug erbarmungslos auf ihn ein. Ich fiel ihm in den Arm, versuchte ihn wegzuzerren, flehte ihn an, Benjamin in Ruhe zu lassen. Gott sei Dank schien mein Eingreifen Jean-Paul wieder zu Verstand zu bringen. Er ließ schließlich von Benjamin ab, spuckte auf ihn und verließ mit schnellen Schritten den Raum.

Ich wollte Benjamin aufhelfen, doch er wehrte mich erschrocken ab.

»Bitte nicht, Simone. Ich … ich bin okay. Es ist nichts, nur ein paar … ein paar blaue Flecken. Bitte lass mich … geh!«

Ihm lief Blut aus der Nase und aus dem Mund. Ich wollte Tücher holen, um das Blut zu stoppen, drehte mich um – und sah direkt in mein Zimmer, in dem sich

Jean-Paul gerade hastig anzog. Die Bücherregale waren zur Seite geschoben, und durch meinen Spiegel konnte man wie durch ein Fenster in mein Zimmer sehen.
Ein Voyeur-Spiegel!, zuckte es durch meinen Kopf. Ich erkannte die Situation, doch ich begriff sie nicht.
Mechanisch verließ ich den Raum, ging in die Küche und suchte nach sauberen Handtüchern. Plötzlich stand Jean-Paul hinter mir und zerrte mich zurück, herrschte mich an: »Du ziehst dich jetzt richtig an und kommst mit mir. Wir verlassen dieses Haus sofort!«
»Aber Benjamin blutet! Ich muss …«
Jean-Paul riss mir die Handtücher aus den Händen, schmiss sie auf den Boden und schrie mich mit sich überschlagender Stimme an: »Du wirst dieser Ratte nicht auch noch zur Hilfe eilen! Du kommst jetzt sofort mit mir!«
Ich bin mit Jean-Paul gegangen.
Ich habe lange gebraucht, um ganz zu verstehen, was abgelaufen ist – nicht erst an diesem Tag, sondern während der ganzen Zeit, seit Jean-Paul und ich zusammen sind. Nein, sogar noch davor, seit Benjamin diesen verfluchten Spiegel in mein Zimmer einbauen ließ.
Wenn ich daran denke, dass er mich wahrscheinlich auch schon beobachtet hat, als ich allein vor dem Spiegel … Mir wird jedesmal heiß und kalt bei der Vorstellung, ich möchte am liebsten vor Scham im Boden versinken, und gleich darauf möchte ich Benjamin vor Wut die Augen auskratzen, seine unverschämten Augen, die mich beraubt haben … Ja, so fühle ich mich: beraubt, verletzt und angegriffen. Auch wenn er mir körperlich kein Härchen gekrümmt hat.
Und all die Male, die Jean-Paul und ich uns geliebt haben: Benjamin hat uns durch sein Fenster zugesehen. Ich kann wirklich verstehen, dass Jean-Paul ausgerastet ist.

Jetzt, wo ich all das niederschreibe, merke ich aber auch, dass ich nicht nur Wut auf Benjamin empfinde. Ich versuche auch verzweifelt, ihn zu verstehen. Warum hat er das gemacht? Benjamin ist doch der einzige Mensch, zu dem ich immer Vertrauen hatte, der immer gut zu mir war. Meine Wut ist übergegangen in ein Gefühl tiefer Traurigkeit, die wie ein Stein auf meiner Brust liegt.

Mit Jean-Paul kann ich über meine Gefühle nicht reden. Für ihn ist Benjamin »gestorben«, er will von ihm nichts mehr wissen, für ihn ist er nur noch »eine verdammte perverse Sau«. Und er wird richtig böse auf mich, wenn ich auch nur versuche, Benjamins Verhalten verstehen zu wollen.

Als Jean-Paul und ich in seiner Wohnung angekommen waren, machte ich mir Sorgen um Benjamin, befürchtete, er könne vielleicht doch ernsthaft verletzt sein, liege hilflos in seinem Blut. Durfte ich ihn, trotz allem, was geschehen war, einfach seinem Schicksal überlassen? Musste ich mich nicht wenigstens vergewissern, wie es um ihn stand?

Jean-Paul tat meine Sorgen als unbegründet und lächerlich ab.

»Die paar Kratzer!«, sagte er. »Ich hätte noch viel härter zuschlagen sollen!«

Er erklärt mir auch jetzt immer wieder, ich solle Benjamin vergessen, schlicht vergessen. Aber wie kann ich das? Ich kann doch nicht mein ganzes bisheriges Leben vergessen! Ich möchte nur noch heulen!

12. Mai

Heute habe ich es nicht mehr ausgehalten und habe bei Benjamin angerufen. Auf dem Anrufbeantworter war Benjamins Stimme und sagte, er sei in Berlin telefonisch zu erreichen. In Berlin? Ich verstand überhaupt nichts mehr. Was machte Benjamin in Berlin? Der Apparat zeigte mir aber auch an, dass unter meiner Code-Nummer eine Nachricht für mich gespeichert war. Ich gab meine Nummer ein und der Brief wurde ausgedruckt. Ich klebe ihn hier ein:

Liebe Simone,
ich habe mich entschieden, das Forschungsstipendium der Universität Berlin kurzfristig anzunehmen, das mir schon vor langem angeboten worden ist. Ich bin also »aus dem Haus«, und ich bitte dich inständig, wieder zurückzukehren, denn es ist dein Zuhause und soll es auch bleiben. Ich werde dieses Haus nie mehr in meinem Leben betreten, das versichere ich dir. Es gehört dir. Werde darin mit Jean-Paul glücklich. Das wünsche ich dir von Herzen.
Ich weiß, du erwartest von mir eine Erklärung für mein Verhalten. Das fällt mir unendlich schwer. Ich weiß auch, es gibt keine Entschuldigung für das, was ich getan habe. Nur so viel: Ich habe dich immer geliebt, als Schwester, als kleines Mädchen, das mir anvertraut war. Aber als du langsam zur Frau herangereift bist, habe ich angefangen, dich als Mann zu lieben. Ich habe mit aller Kraft gegen dieses Gefühl angekämpft. Ich habe den Kampf verloren. Ich wollte wenigstens verhindern, dass du etwas davon

bemerkst, ich wollte dich auf gar keinen Fall mit meinen Gefühlen belästigen.
Als ich im Antiquariat den Voyeur-Spiegel entdeckte, gab mir meine unglückselige Liebe die Idee ein, ich könnte mein Begehren stillen, ohne dir zu nahe zu kommen. Ich möchte dir nicht meine Qual schildern beim Anblick deines Glückes mit Jean-Paul. Doch selbst dieser Qual konnte ich nicht widerstehen. Wie ein Süchtiger habe ich euch belauert; eure Leidenschaft war mir Himmel und Hölle zugleich.
Simone, ich weiß, ich habe dein Vertrauen furchtbar missbraucht. Ich kann dich nur bitten, mir zu verzeihen.
Dein Benjamin

Ich bin in unser Haus zurückgekehrt. Und ich habe mit Benjamin in Berlin telefoniert. Wir hatten beide unsere Bildschirme ausgeschaltet, weil wir uns nicht in die Augen schauen konnten. Ich habe Benjamin gesagt, dass ich ihm verzeihe und dass ich ihm danke für alles, was er für mich getan hat. Ich habe gehört, wie er weinte. Wir konnten beide nicht viel mehr sagen, nur, dass wir erst einmal Abstand gewinnen wollen. Benjamin wird vorerst in Berlin bleiben.
Ich habe lange gezögert, ob ich Jean-Paul Benjamins Brief zeigen sollte. Ich hatte Angst davor, wie er darauf reagieren würde. Aber dann habe ich es doch getan, denn ich will nicht, dass es zwischen Jean-Paul und mir Geheimnisse gibt. Jean-Paul hat den Brief gelesen und nichts dazu gesagt. Aber inzwischen habe ich wohl bemerkt, dass sein unmäßiger Zorn verraucht ist. Ja, letzte Nacht hat er mich ganz ernst angesehen und gesagt: »Dein Bruder tut mir Leid.«
Ich hoffe, dass Benjamin und Jean-Paul irgendwann den Weg der Aussöhnung gehen werden. Jean-Paul ist

jedenfalls inzwischen bedrückt über seine unkontrollierte Gewalttätigkeit.
»Habe ich wirklich einen anderen Menschen zusammengeschlagen?«, fragt er mich und sich selbst ratlos. »Ich war einfach nicht mehr Herr meiner Gefühle. Sie waren stärker als ich. Ich hätte nie im Leben geglaubt, dass ich zu so etwas fähig wäre.«
Vielleicht öffnet ihm das Nachdenken darüber ein wenig die Tür zum Verständnis für Benjamin, der auch nicht mehr Herr seiner Gefühle war.
Und ich? Was ist mit meinen Gefühlen? Ich bin ziemlich durcheinander. Aber eins fühle ich doch ganz tief: Ich liebe weiter beide. Benjamin als meinen Bruder und Jean-Paul als meinen Mann.

14. Mai

Heute hatten wir wieder ein *Klassentreffen*, das vorletzte vor unserem Abitur. Wir besprachen unsere Arbeitsergebnisse, unser Lehrer hatte sämtliche Dokumente unserer Lerneinheiten an der *Medienstation* durchgesehen und verteilte letzte gute Ratschläge, wo wir noch Schwerpunkte in unserer Vorbereitung setzen müssten. In den Pausen gab es das übliche Gequatsche und Getratsche, wer mit wem und mit wem nicht mehr, man präsentierte seine neuesten Klamotten und gab abgedrehte Sprüche von sich. Ich habe mich unter meinen MitschülerInnen ja schon immer fremd gefühlt, aber heute hatte ich regelrecht das Gefühl, von einem anderen Stern zu kommen. Was gehen mich diese infantilen *Markenkids* mit ihren oberflächlichen Problemen eigentlich an? Ob die überhaupt ahnen, dass wirkliche Gefühle etwas anderes sind als angenehme oder unangenehme Befindlichkeiten?
Irgendwann fragte mich Marita: »Bist du eigentlich noch mit diesem Albert-Nannère-Klon zusammen?«
Ich musste einen Moment lang nachdenken, bis mir klar war, dass damit Jean-Paul gemeint war. Der Mann, den ich liebe, ist für mich nicht ein Albert-Nannère-Klon. Das dachte ich, aber ich sagte nur: »Ja.«
Ich war wirklich froh, als das Klassentreffen zu Ende war. Auch an der hektischen Jagd meiner KlassenkameradInnen nach einem Platz an einer möglichst renommierten Universität beteilige ich mich nicht. Ich weiß noch nicht, was ich nach dem Abitur machen werde. Jean-Paul verhandelt zur Zeit mit einer Universität in

Prag um eine Assistentenstelle mit Promotionsmöglichkeit. Dort gibt es ein kleines, aber sehr engagiertes Institut für *ethikhistorische Studien* mit Schwerpunkt auf dem zwanzigsten Jahrhundert. Mal sehen, ob es was wird. Vielleicht gehe ich dann auch nach Prag zum Studium. Aber was will ich studieren? Ich bin noch ganz und gar unschlüssig.
Morgen ist endlich mein Sterilisationstermin. Dann brauchen wir dieses lästige Verhütungsspray nicht mehr anzuwenden. Jean-Paul und ich schlafen wieder in meinem Bett. Den Spiegel haben wir ausgebaut, die Wand zumauern lassen. Trotzdem habe ich manchmal das Gefühl, als wären wir nicht allein. Immer wieder denke ich bei einer bestimmten Zärtlichkeit, bei unseren Küssen und begehrlichen Berührungen, was würde Benjamin jetzt empfinden? Manchmal sehe ich Jean-Paul und mich wie von außen, betrachte uns mit den Augen eines Beobachters. Mit Benjamins Augen.
Ich bin wohl über diese Sache noch lange nicht hinweg.

15. Mai

Warum kommt immer alles Unglück auf einmal?
Ich war heute zu meinem Sterilisationstermin in der Klinik. Nach der Voruntersuchung musste ich etwas warten. Dann wurde ich ins Sprechzimmer der Ärztin gerufen, einer jungen makellosen *Dike*-Frau. Sie musterte mich kritisch. Ich führte es darauf zurück, dass sie sicherlich selten eine *No name* in ihrer gediegenen Fertilisationsklinik zu behandeln hat. Aber was sie mir dann sagte, war wie ein Schlag in den Magen: »Sie wissen, dass Sie schwanger sind?«
Ich schüttelte stumm den Kopf, noch bevor ihre Nachricht mein Gehirn ganz erreicht hatte.
Sie lächelte unverbindlich.
»Nun, das ist natürlich kein großes Problem. Wir können heute gleich den Abbruch zusammen mit der Sterilisation machen.«
»Ja, natürlich«, sagte ich mechanisch.
»Dann melde ich Sie jetzt im OP an.«
Während sie in ihre *Medienstation* tippte, begriff ich langsam, was vor sich ging.
»Moment, warten Sie bitte! Ich möchte … ich brauche noch etwas Zeit.«
Die Ärztin unterbrach ihr Tippen und sah mich verständnislos an.
»Zeit? Wofür?«
»Ich möchte mir das nochmal in Ruhe überlegen … mit dem Abbruch.«
»Was gibt es denn da zu überlegen? Wollen Sie etwa ein *No name*-Kind zur Welt bringen?«

»Nein, natürlich nicht. Ich dachte nur ... ich wollte nur ...«
Ich wusste nicht, was ich sagen sollte. Ich wollte einfach nur Zeit haben, wollte wenigstens mit Jean-Paul darüber sprechen.
Die Ärztin räusperte sich.
»Na ja, Sie sind ja selbst eine ... Aber Sie können sich doch ein *Markenbaby* leisten?«
»Ja, sicher. Das ist nicht das Problem. Aber ... bitte geben Sie mir einen Termin in einer Woche, wenn das möglich ist.«
»Das ist natürlich möglich. Aber Sie wissen ja wohl, dass es umso komplikationsloser ist, je eher ein Abbruch gemacht wird.«
»Ich weiß. Trotzdem.«
Ich weiß gar nicht, woher ich den Mut aufbrachte, mich zu widersetzen, aber ich dachte immer nur: Ich muss zuerst mit Jean-Paul reden. Daran klammerte ich mich wie an einen rettenden Strohhalm.
Ich bekam schließlich einen Termin eine Woche später und verließ die Klinik – unsterilisiert und schwanger.
Als ich nach Hause kam, hatte Jean-Paul ein Festmahl zubereitet, im Sektkübel kühlte eine Flasche Champagner, und ein riesiger Strauß roter Rosen stand auf dem Tisch.
Jean-Paul strahlte mich an.
»Zur Feier unserer uneingeschränkten Liebe.«
Ich stürzte mich in seine Arme und heulte mir die Seele aus dem Leib.
Er versuchte, mich zu beruhigen, verstand natürlich überhaupt nicht, was los war.
Als ich wieder sprechen konnte, erklärte ich es ihm.
Wir haben das Essen kalt werden lassen und sehr lange geredet. Nach dem ersten Schock hat Jean-Paul mir er-

klärt, wie er die Sache sieht. Er war so klar und eindeutig in seiner Haltung, dass ich mich jetzt auch viel ruhiger fühle. Er hat natürlich Recht. Ich bin noch viel zu jung, um Mutter zu werden. Nur primitive Frauen bringen heute noch vor dem dreißigsten Lebensjahr Kinder zur Welt.

Aber das Wichtigste ist etwas anderes, und das hat Jean-Paul eindringlich betont: Wir können es nicht verantworten, ein *No name*-Kind in die Welt zu setzen. Ganz abgesehen von den immensen gesundheitlichen Risiken für das Kind, wissen wir beide ja wohl am besten, was es heißt, als *No name* in dieser Gesellschaft zu leben. Das Kind würde uns später ewig Vorwürfe machen. Wir können und dürfen ihm das nicht antun.

Das hat Jean-Paul gesagt, und damit hat er vollkommen Recht. Ich sehe es auch so. Man kann es doch gar nicht anders sehen, oder? Ich werde vernünftig sein und in der nächsten Woche das Problem aus der Welt schaffen.

16. Mai

Seltsam – nachdem Jean-Paul und ich uns gestern Abend einig geworden sind, dass es für mich nicht infrage kommt, dieses Kind auszutragen, fange ich jetzt erst damit an, dieses Wachsen in mir als Kind zu denken. Dabei ist es doch erst ein Embryo, und ein Embryo ist nichts weiter als eine Möglichkeit, die man entwickeln oder verwerfen kann.

Wie hast du an mich gedacht, als ich noch in deinem Bauch war, Mama? Ich bin sicher kein geplantes Kind gewesen. Ein Liebesunfall. Aber wenn du meine Möglichkeit verworfen hättest, wäre ich jetzt nicht hier. Merkwürdiger Gedanke! Bisher habe ich nur daran gedacht, warum du mich als *No name* zur Welt gebracht hast. Aber es gab nur das Entweder-Oder. Vor dem ich jetzt auch stehe. Ich kann dieses Kind nur so zur Welt bringen, wie es nun mal in mir entstanden ist. Alle Planungs- und Optimierungschancen sind vertan. Der einzige Einfluss, den ich nehmen kann, ist Ja zu sagen oder Nein. Es gibt nicht einen guten Grund Ja zu sagen.

Nein!

17. Mai

Es gibt einen einzigen Grund Ja zu sagen: Du bist da. Du bist in mir.
Jetzt spreche ich schon mit dir, als wärst du ein tatsächlicher Mensch. Ich glaube, ich bin verrückt. Ich rede mit Toten und Ungeborenen.

18. Mai

Ich habe versucht, mit Jean-Paul darüber zu reden. Er versteht nicht, warum ich überhaupt noch über die Möglichkeit, dich zu bekommen, dich zu behalten, nachdenke. Er meint, die Schwangerschaftshormone würden mich so durcheinanderbringen, dass ich nicht mehr vernünftig denken könne.

»Aber hast du nicht in deiner Promotionsschrift die These vertreten, dass es auch eine Stärke sein kann, wenn man Menschen so akzeptiert, wie sie sind?«, versuchte ich sachlich zu argumentieren. »Hast du nicht von einer ganz anderen Lebensqualität gesprochen, wenn Menschen nicht nach Gesundheit, Schönheit oder *Markendesign* beurteilt würden?«

Jean-Paul schüttelte abwehrend den Kopf. »Das ist zwar richtig. Ich habe unsere herrschende Ideologie infrage gestellt. Ich habe versucht aufzuzeigen, dass uns mit der Normierung und Optimierung der einzelnen Menschen auch etwas verloren gegangen ist: die Fähigkeit zur Toleranz, zum Ertragen von Unterschieden, ja vielleicht sogar dazu, Abweichungen als Bereicherung und nicht als Manko zu empfinden.«

»Eben!«

»Nein, nicht *eben!* Das Ganze ist eine gesellschaftliche Frage und lässt sich auch nur gesellschaftlich lösen. Unser Kind würde aber in unsere Gesellschaft hineingeboren, wie sie nun mal ist, und müsste darunter leiden. Das können wir doch nicht zulassen! Es wäre rücksichtslos und unverantwortlich von uns. Hör auf, darüber auch nur nachzudenken, Simone!«

19. Mai

Ich kann nicht aufhören, darüber nachzudenken. Ich stecke in einem unlösbaren Dilemma. Mein Gefühl sagt Ja zu dem Kind, und mein Verstand sagt Nein. Noch drei Tage bis zum Termin. Wenn mir nur jemand sagen könnte, was ich tun soll, was richtig ist! Ob ich mit Benjamin darüber sprechen sollte? Trotz allem, was vorgefallen ist? Ist es nicht seltsam, dass ich jetzt in meiner Not an ihn denke? Aber er war immer derjenige, auf den ich im Notfall zählen konnte. Und dies ist ein Notfall!

20. Mai

Ich habe mit Benjamin telefoniert. Ich habe ihn gebeten, seine Bildübertragung einzuschalten, weil ich ihn einfach sehen musste bei unserem Gespräch, und er hat es auch getan. Es hat mich erschreckt, wie schlecht er aussah – blass und abgemagert. Ich hatte das Gefühl, ihn jetzt nicht noch mit meinem Problem belasten zu können, doch als er mich zaghaft anlächelte, fühlte ich mich plötzlich wieder wie früher, als ich noch ein kleines Mädchen war und mit allen großen und kleinen Sorgen zu ihm gerannt kam. Ich erzählte ihm von meiner Schwangerschaft. Sein Gesicht wurde sehr ernst. Eine Zeit lang schloss er die Augen, und ich dachte: Was hast du bloß angerichtet? Du hast vergessen, dass Benjamin nicht nur dein väterlicher Bruder ist. Dass er vielleicht sogar an das Kind als an das Kind eines Rivalen denkt. Wie kannst du ausgerechnet von ihm Rat und Hilfe erwarten?

Doch meine Bedenken waren völlig unbegründet. Nachdem er eine Weile nachgedacht hatte, sagte Benjamin: »Ich kann dir nicht raten, was du tun sollst, Simone. Das ist eine Entscheidung, die dir niemand abnehmen kann. Ich kann dir nur eins sagen: Wie immer du dich entscheidest, ich kann es verstehen. Und wenn du dich für das Kind entscheidest, kannst du immer auf meine Hilfe zählen. Ich möchte, dass du das weißt.«

Ich bin froh, dass ich mit Benjamin gesprochen habe, obwohl es mein Problem natürlich nicht gelöst hat. Und Jean-Paul reagiert zunehmend gereizt, wenn ich ihm damit komme. Ich glaube, er könnte es nicht akzeptieren, wenn ich die Schwangerschaft nicht abbrechen ließe. Ich fürchte, ich würde ihn dann sogar verlieren. Nicht sofort – aber wären seine Gefühle für mich auf längere Sicht dieser Belastung gewachsen? Ich weiß es nicht. Aber ich will ihn nicht verlieren! Soll ich etwa als allein erziehende Mutter enden, vielleicht zusammen mit Benjamin, der sich zum zweiten Mal in seinem Leben eines verunglückten *No name*-Kindes annimmt? Was für eine Perspektive!

21. Mai

Morgen soll ich dich aus der Welt schaffen, bevor du auf die Welt kommst. Ich kann mich nicht entscheiden. Was ich auch tue, es wird nicht richtig, nicht gut, nicht frei von Schuld sein. Ich komme mir wie die klägliche Heldin einer griechischen Tragödie vor. So etwas sollte es heutzutage doch gar nicht mehr geben.

22. Mai, frühmorgens

Jean-Paul und ich sind gestern Nachmittag durch den Park gegangen, das heißt, wir sind andauernd stehengeblieben, um uns besonders prächtige Blüten zu zeigen, um ihren Duft einzuatmen und um uns zu küssen – so wie bei unseren ersten Spaziergängen. Wir haben nicht mehr debattiert. Alle Argumente sind ausgetauscht, bedacht und beredet worden. Am Abend wollten wir in meinem Zimmer bei Kerzenschein Musik hören, doch als Jean-Paul beim Öffnen einer Weinflasche leise eine Melodie vor sich hinsummte, sagte ich, ohne nachzudenken, zu ihm: »Jean-Paul, bitte, sing ein Lied für mich.«
Er sah mich erst erstaunt, dann ablehnend, dann fragend, schließlich zärtlich an. Ich wagte kaum zu glauben, dass er meiner Bitte wirklich nachkommen würde, doch er suchte schon in der *Medienstation* nach der Begleitmusik, stellte sich vor die wieder zugemauerte Wand und sang, sang mit seiner wunderbaren Stimme ein italienisches Lied. Ich verstand kein Wort, aber ich verstand, dass er es für mich sang, nur für mich. Und das erfüllte mein von vielen Zweifeln leergefressenes Inneres mit einer ungekannten ruhigen Kraft.
Jetzt ist es wieder Tag geworden. Ich spüre diese Kraft noch immer in mir.
Ich möchte sie weitergeben.